« MOTS POUR MOTS »
collection dirigée et présentée par

OLIVIER ET PATRICK
**POIVRE D'ARVOR**

# « Faut-il brûler ce livre ? »

## Écrivains en procès

CHOIX DE TEXTES

*Points*

ISBN 978-2-7578-1651-6

**Olivier Poivre d'Arvor** est philosophe de formation. Diplomate et écrivain, après avoir été directeur des instituts culturels français d'Alexandrie, de Prague et de Londres, il dirige aujourd'hui Cultures France. Fondateur du « Marathon des mots », à Toulouse, l'une des principales manifestations littéraires en France, il a publié plusieurs récits, essais et romans.

**Patrick Poivre d'Arvor**, journaliste, est aussi écrivain. Il a publié une cinquantaine d'ouvrages dont plusieurs ont été récompensés par des prix prestigieux ou portés à l'écran. Il a créé plusieurs émissions littéraires comme « Ex Libris », « Vol de Nuit », ou actuellement « Horizons lointains » sur Arte, consacrée aux littératures étrangères.

# *Sommaire*

# *Au bûcher, les vanités !*

« *Là où on brûle des livres, on finit par brûler des hommes* », disait Heinrich Heine. Terrible prédiction qui, un siècle plus tard, dans l'Allemagne nazie, s'accomplira à travers un autodafé génocidaire sans précédent. Aux 20 000 livres brûlés place de l'Opéra à Berlin le 10 mai 1933 devant 100 000 soutiens fanatiques du régime nazi et Josef Goebbels, ministre du Reich à la Propagande, s'ajoutent comme par évidence des millions de victimes. Le Livre, objet majuscule, religieux, sacré, et ses avatars délicieusement minuscules, les livres, profanes, parfois provocateurs, restent, à travers les temps, de magnifiques et d'inébranlables symboles de civilisation. Pour n'en donner qu'un exemple récent, le ministre égyptien de la Culture fut recalé à la tête de l'Unesco parce qu'il avait affirmé qu'il brûlerait lui-même des livres israéliens s'ils étaient présents dans les bibliothèques de son pays. Le soulagement général qui suivit la nouvelle de son « éviction » en dit long sur la force des mots, sur la sacralité des bibliothèques et de la mémoire du monde dans notre société présumée obsédée par les images et les réseaux numériques...

On aura tendance, en lisant dans les pages qui suivent les malheurs littéraires de Flaubert et de Baudelaire, les souffrances de chair de Verlaine ou de Wilde, à trouver la justice terriblement injuste. On se dira, avec le recul confortable que donne le temps, qu'ils ont été victimes de la myopie de leur époque, de l'étroitesse de la morale du moment, des carcans de la pensée, qu'elle soit petite-bourgeoise, dominante ou autoritaire. Les juges ou les procureurs, drapés dans la robe noire d'une intransigeance suspecte tant elle est féroce, ont toujours le mauvais rôle. Ceux d'acteurs, *les hypocrites*, qui nous jouent *ad nauseam* la scène du corps social outragé. L'écrivain est souvent placé sur un piédestal, au-delà des lois de même qu'il est généralement jugé « en avance sur son temps ». On ne saurait donc condamner un être de chair et de papier pas davantage qu'un courageux visionnaire. *A contrario*, on pourrait affirmer qu'une littérature jugée et condamnée marque toujours son époque, et que l'écrivain, en valeureux résistant à la doxa, plaide volontiers coupable devant ses contemporains, représentants du conservatisme ambiant. La question n'est cependant pas si simple, ni le bien si opposé au mal en la matière. Il n'y a pas d'un côté les écrivains, libres et insoumis, dotés d'une forme d'immunité judiciaire, intraduisibles devant la société et la morale publique, et d'autre part les juges, austères, cruels et bornés. Depuis toujours, littérature et justice font d'assez mauvais ménages, même si certaines nobles causes ou belles et grandes affaires, de Callas à Dreyfus, défendues par des Voltaire, des Hugo ou des Zola semblent pouvoir réconcilier ces deux manières de voir le monde, de penser la morale et la société. Les écrivains sont-ils responsables de leurs écrits au point de devoir être comptables d'actes qu'ils n'ont pas commis eux-mêmes, mais dont ils soutiennent la légitimité dans leurs textes ? À quel moment une production devient-elle véritablement délictueuse ? Que penser ainsi de Louis-Ferdinand Céline, auteur de trois pamphlets antisémites, *Bagatelles pour un massacre, L'École des cadavres* et *Les Beaux Draps*, qui tombent sous le coup de deux lois interdisant la provocation à la haine raciale ? Il sera condamné en 1950 – avant d'être gracié l'année suivante – à un an d'emprisonnement, 50 000 francs d'amende, la confiscation de la moitié de ses biens et à l'indignité nationale. Robert Brasillach, rédacteur en chef de *Je suis partout* est poursuivi pour intelligence avec l'ennemi, condamné à mort et exécuté le 6 février 1945 au fort de Montrouge, de Gaulle ayant refusé sa grâce malgré les interventions de Valéry, Camus, Cocteau, Claudel… Lorsque Jean Genêt écrit dans *Pompes funèbres* : « *Il est naturel que cette piraterie, le banditisme le plus fou qu'était l'Allemagne hitlérienne provoque la haine des braves gens, mais en moi l'admiration profonde et la sympathie. Quand un jour, je vis derrière un parapet tirer sur les Français les soldats allemands, j'eus honte soudain de n'être pas avec eux, épaulant mon fusil et mourant à leurs côtés (…)* », il ne peut que choquer l'opinion publique de son pays et de son époque. Pourtant, un peu à la manière de Sade dont Simone de Beauvoir dit que « *pendant onze années de captivité, agonise un homme et naît un écrivain* », Genêt semble trouver sa vocation poétique en prison : rebelle d'entre les rebelles, dénonciateur des geôles de son pays, fervent anti-colonialiste, défenseur des Black Panthers et des Palestiniens, découverts dans l'horreur de Chatila, il trouve derrière les barreaux un espace paradoxal de liberté et de création. Lorsque en juillet 1943, il comparaît devant la 14e chambre du tribunal correctionnel de la Seine pour avoir volé un exemplaire de luxe des *Fêtes galantes* d'un autre littérateur délinquant, un certain Paul Verlaine, son défenseur, Me Maurice Garçon entame ainsi sa plaidoirie : « *mon client termine une carrière, celle de voleur, pour en commencer une autre, celle d'écrivain* ».

Les relations tumultueuses entre les écrivains et le pouvoir politique ou religieux ne datent pas d'hier. L'empereur Auguste au Ier siècle de notre ère exile Ovide et interdit ses œuvres. Caligula, peu après, brûlera les livres d'Homère, de Virgile et de Tite-Live. L'Église, au nom de la suprême Inquisition, constitue dès le XVIe siècle son Enfer légendaire et y place des milliers d'ouvrages interdits. Il faudra enfin quatre ans et beaucoup d'énergie à Molière, à partir de 1664, pour braver l'interdiction royale de représenter *Tartuffe* et pouvoir jouer librement sa pièce. Le chansonnier Béranger connaîtra également la prison, Casanova fréquentera deux ans durant les geôles des Plombs à Venise, tandis que Dostoïevski séjournera au bagne d'Omsk de 1850 à 1854. Et la liste est encore loin d'être close…

Croyez-vous qu'on puisse tout dire ?, s'interrogeait le procureur Pinard au sujet des *Fleurs du mal.* Telle est la question fondamentale. En cette fameuse année 1857, le fanatisme d'un substitut de la 6e chambre du tribunal de Paris, le procureur Ernest Pinard, vise avec une étrange et terrifiante intuition deux des plus grands chefs-d'œuvre littéraires de cette seconde moitié du XIXe siècle, un roman, *Madame Bovary* de Gustave Flaubert, et le recueil de poésies de Charles Baudelaire. Nous avons donc choisi de publier les minutes de ces deux extraordinaires exercices de style.

Si le procureur Ernest Pinard échoue dans sa vindicte contre *Madame Bovary*, il réussit à censurer *les Fleurs du Mal* et à faire condamner lourdement l'éditeur et l'imprimeur des *Mystères du peuple*, en ordonnant la saisie de près de 60 000 exemplaires du grand texte d'Eugène Sue. Ce dernier ne survivra pas au lancement de son procès, après avoir déjà surmonté de nombreuses épreuves : censures sous le Second Empire, mise à l'index de son œuvre par Rome, condamnation par les évêques de France… Au-delà de la mort de leur auteur, ses œuvres demeurent des cibles faciles, et son dernier texte et les clichés qui vont avec seront intégralement détruits. Motifs : outrage à la morale publique et religieuse et aux bonnes mœurs, outrage à la religion catholique, excitation à la haine et au mépris des citoyens les uns contre les autres… et bien d'autres crimes !

Même sans Pinard, la machine à censurer continuera à fonctionner : en 1861, Catulle Mendès est condamné à un mois de prison et à une amende pour le *Roman d'une nuit*. Seront également jugés, censurés, voire retirés de la vente, des textes de Monnier, Verlaine, Richepin… C'est en 1874 que *Les Diaboliques* de Barbey d'Aurevilly sont condamnés pour « outrage à la morale publique et aux bonnes mœurs, et complicité ». Le livre est saisi, les exemplaires sont détruits et, malgré un non-lieu, l'ouvrage ne reparaîtra que neuf ans plus tard.

Reste que les œuvres ne sont pas toutes à l'origine des déboires judiciaires de leurs auteurs Les procès d'écrivains n'ont pas toujours pour objet, loin de là, leurs mots ou leurs écrits délictueux. On verra, dans ce choix de textes, quel chemin de croix Paul Verlaine, puis Oscar Wilde emprunteront au plus profond de leur chair et quelle issue fatale les attend au sortir des geôles, pour des raisons de mœurs plus que de style. Certains d'entre eux se distinguent même comme d'authentiques délinquants en droit commun, ce qui ne leur interdit pas d'être bons écrivains, comme Pierre-François Lacenaire ou Albertine Sarrazin… François Villon, du fond de sa cellule de condamné à mort, ouvre singulièrement le bal des pendus, en adressant la plus belle des ballades de la poésie française à ses frères humains. Quatre siècles plus tard, Wilde écrira un seul texte après avoir quitté sa prison, une certaine ballade de la geôle de Reading…

Villon n'échappera pas à son destin. Amateur de rixes, chahuteur, assassin, ayant commis un meurtre un matin de juin 1455, fuyard, voleur puis devenu crocheteur de serrures, pipeur de jeux de dés et truqueur de cartes à jouer, indicateur, malfrat récidiviste, le poète maudit est finalement arrêté et jeté à la prison du Châtelet. Torturé, il avoue ses crimes, avant d'être condamné à la pendaison. Transféré à la prison de la Conciergerie, il dépose un recours auprès du parlement de Paris, la juridiction suprême d'alors. Ses juges n'auront pas, contre lui, le cœur endurci, il sera finalement banni de Paris pour dix ans. Mais de ce jour, on perd à jamais sa trace et il s'évanouit dans la nuit de l'histoire.

Trente ans ou presque de sa vie passés en prison ! Le marquis de Sade, né en 1740 et mort en 1814, à l'asile de Charenton, aura battu tous les records. Débauche et prodigalité sexuelle. Libertinage divin, blasphème sans limite. Endettement et ruine. Cruauté partagée entre lui et ses bourreaux. De ses geôles, il tire une « écriture enfermée » où les fustigations, les flagellations, les incestes, les viols, les tortures et autres violences sont autant de chapitres d'un livre culte, *Justine*, censuré en Europe jusqu'en 1960. Femmes de chambre, jeunes garçons et valets, prostituées seront acteurs et témoins de savants sévices sexuels. Pour quatre putains droguées avec des pastilles de cantharide, Sade est condamné pour empoisonnement à la décollation et pour sodomie au bûcher. Double peine de mort pour une mise en scène érotique manquée ! Sade fuit des années durant, est rattrapé grâce à une lettre de cachet, incarcéré tandis que sa femme s'emploie à faire casser la condamnation à mort. Il séjourne à Vincennes, dans le donjon de la prison et à la Bastille, deux centres de détention où il passera près de sept ans. Il y rédige « un gigantesque catalogue de perversions », selon Jean Paulhan. « *Cet homme incorrigible,* dira le préfet Dubois, *est dans un état perpétuel de démence libertine.* » Il écrit, néanmoins, beaucoup et bien, enrichi par l'expérience de l'enfermement, du secret, de la nuit. Mais il nie, à la différence de la majorité des auteurs assignés en justice, être l'auteur d'œuvres scandaleuses comme *Justine ou les Malheurs de la vertu, La Philosophie dans le boudoir, Les Cent Vingt Journées de Sodome*. Un dictionnaire de 1857 résumera l'état d'esprit du siècle, le concernant: « *non seulement, cet homme prêche l'orgie, mais il prêche le vol, le parricide, le sacrilège, la profanation des tombeaux, l'infanticide, toutes les horreurs. Il a prévu et inventé des crimes que le code pénal n'a pas prévus ; il a imaginé des tortures que l'Inquisition n'a pas devinées* ». Cent ans plus tard, exactement, en 1957, malgré les témoignages de Jean Paulhan, Georges Bataille et Jean Cocteau, Jean-Jacques Pauvert, éditeur de *Justine*, est condamné par la chambre correctionnelle de Paris « *à la confiscation et la destruction des ouvrages saisis* ». Suspendu de ses droits civiques, traîné de chambres de justice en prétoires, condamné, encourant la prison, Pauvert finira, en appel, par gagner ses procès. Quelques années plus tard, Simone de Beauvoir pose la question, dans un texte: « Faut-il brûler Sade ? » Entre-temps, Raymond Queneau, évoquant les camps d'extermination de la Seconde Guerre mondiale, avait souligné que « *les charniers complètent les philosophies, si désagréable que cela puisse être* ».

Les débats sont restés longtemps vifs sur le thème de la responsabilité de l'écrivain. Sade renie ouvertement toute responsabilité lorsqu'il écrit en 1791 à son avocat, en refusant d'assumer la paternité de son ouvrage: « *On imprime actuellement un roman de moi, mais trop immoral pour être envoyé à un homme aussi pieux, aussi décent que vous. J'avais besoin d'argent, mon éditeur me le demandait bien poivré, et je lui ai fait capable d'empester le diable. On l'appelle* Justine ou les Malheurs de la vertu. *Brûlez-le et ne le lisez point s'il tombe entre vos mains : je le renie.* » Son effacement sera plus que relatif, même s'il meurt misérablement en 1814 et est enterré sous une pierre tombale où aucun nom, à sa demande, n'est gravé : « *ma fosse une fois recouverte, qu'il soit semé au-dessus des glands, afin que, par la suite, les traces de ma tombe disparaissent de la surface de la terre, comme je me flatte que ma mémoire s'effacera de la mémoire des hommes* ». Sade ou comment gagner sa gloire en enfer ! Car telle est la morale du blâme, de la réprobation, de la sanction ou de toute fatwa, la vertu de la censure : c'est toujours la tentative d'effacement qui laisse le plus de traces…

Jean Genêt restera, en France du moins, l'écrivain moderne qui a le plus fréquenté les tribunaux et la prison. Après avoir commis son premier vol, à l'âge de dix ans, spécialiste des petits larcins, du chapardage de livres, fréquentant la colonie pénitentiaire de Mettray, la maison d'arrêt de Fresnes et d'autres cellules, il risque en mai 1946, pour sa treizième condamnation, la relégation, c'est-à-dire la prison à perpétuité, le bagne. Cocteau et Sartre écrivent au président de la République, obtiennent la signature de Mauriac, Prévert, Claudel, Breton, Anouilh, Aymé, et arrachent la grâce de Genêt. Il s'affirme désormais comme un authentique délinquant des mots. Atteint selon la formule d'un médecin expert d'une forme de cécité morale, rebelle parmi les rebelles, idéalisant crimes et criminels, il affirmera ainsi devant les tribunaux qu'il ne connaît pas le prix des livres qu'il vole, mais bien leur valeur.

On aura tendance en lisant les dépositions, les minutes de ces procès, les réquisitoires et les plaidoiries de défense, comme les jugements qui suivent, à ranger au magasin de l'histoire du Moyen Age ou des siècles passés, voire de la moitié du XX^e siècle, ces causes qui opposent, souvent violemment, les écrivains aux justiciers. C'est ignorer, qu'à travers le temps, c'est la justice elle-même, la justice juste, pas celle des gouvernants du moment, que les écrivains ont souvent portée dans leurs textes, dans leurs combats et que c'est au titre de leurs convictions, de leurs engagements qu'ils ont été condamnés, parfois durement, à perpétuité, à mort. Le courage, depuis toujours, s'exprime autant dans les actes que dans la formulation. Écrire, c'est agir, a-t-on envie de dire. Et les mots signés d'une femme ou d'un homme, d'un littérateur, ont bien souvent plus de force que des actes isolés ou des pétitions à mille noms.

La mode des procès en moralité, des juridictions populaires ou des condamnations religieuses n'est certes pas passée partout dans le monde. Si la censure ne s'exerce que faiblement dans la majorité des pays, faut-il rappeler ces dernières décennies les combats, contre une justice inique, de Ginsberg, Soljenitsyne, Gorbanevskaya, Havel, Soyinka, Milosz, Brodsky, Laabi… Et très récemment encore, respectivement en 2006 et 2009, des non-lieux obtenus par Orhan Pamuk et Nedim Gürsel dans leur pays, la Turquie. Le premier étant poursuivi pour « humiliation de l'identité turque, de la République, des institutions et des organes d'État » pour avoir évoqué les 30 000 victimes kurdes et le million d'Arméniens tués par les Turcs, le second pour avoir, dans son roman *Les Filles d'Allah*, « dénigré les valeurs religieuses d'une partie de la population ». Tradition turque s'il en est, quand on sait que Nazim Hikmet, le grand poète du pays, aura passé dix-sept années en prison. Paradoxalement, dans la plupart des cas, tout en l'accablant, ces mises à l'index publiques protègent et consacrent même l'écrivain. Quand le 14 février 1989, l'ayatollah Khomeini lance sa fatwa contre l'auteur des *Versets sataniques* et appelle les musulmans à tuer au nom de l'Islam son auteur, Salman Rushdie, et ceux qui, dans le monde entier, prennent soin de son livre, il commet l'inacceptable. Dès lors, face à la honte, protéger Rushdie, soutenir Rushdie, lire Rushdie devient un devoir pour une large communauté d'êtres humains. De la même manière, Taslima Nasreen, dénonçant l'oppression de la communauté hindoue du Bangladesh, s'attaquant aux fondamentalismes religieux dans ses écrits, voit ses livres interdits dans son pays par les autorités, sa tête mise à prix dès 2007 par un groupe islamiste indien et doit, après une longue errance, s'exiler en Europe, tout en espérant un retour improbable dans son pays.

En France, plusieurs écrivains, à la suite de Pierre Guyotat et de son fameux *Éden, Éden, Éden*, ont récemment fait l'objet de procédures judiciaires : Mathieu Lindon, Christophe Donner, Lydie Salvayre… *L'Os de Dionysos* de Christian Laborde a été interdit en 1987 pour « pornographie, lubricité, danger pour la jeunesse en pleine formation physique et morale, invitation au désordre et à la moquerie, trouble illicite… », puis réédité peu après. L'outrage aux bonnes mœurs figure toujours dans le Code pénal et s'applique aisément aux textes. D'autres procès en sorcellerie sont menés, à travers la classe politique, les médias, l'opinion publique, Internet, bien après qu'un livre a reçu un accueil chaleureux des lecteurs. Mais les écrivains ne sont jamais plus paradoxaux – et émouvants autant que déconcertants – que quand ils se font justiciers entre eux : ils ne rechignent alors pas à jouer à leur tour le rôle du censeur, et à manier avec autorité l'interdit en demandant qu'il s'applique à l'un d'entre eux. L'écrivain est fasciné, voire obsédé, par la figure du juge. Les questions de propriété littéraire sont évidemment sensibles et conduisent souvent, dans une époque judiciarisée, au tribunal. Dès lors qu'il s'agit du revenu matériel de l'écriture, le recours à la loi et à la justice devient alors justifiable. Textes plagiés ou prétendument « volés », manuscrits d'auteurs inconnus refusés par des maisons d'éditions puis prétendument recyclés par des écrivains de renom, adaptations cinématographiques indûment tirées de livres… Sainte-Beuve, dans un article assez singulier paru en 1839, s'attaque à « la littérature industrielle » et au « démon de la propriété littéraire », manière pour lui de s'en prendre violemment à Balzac, président de la Société des gens de lettres, très soucieux de défendre la propriété intellectuelle et les droits des auteurs. Le sujet, qui paraît mineur, est prometteur. L'écrivain vit de ses livres. S'il est spolié de ses revenus, seule la justice le rétablira dans son droit. La question du plagiat affleure : Edmond de Goncourt nous jure ainsi qu'Emile Zola n'est qu'un « ressemeleur en littérature » et qu'il lui a volé ses thèmes, ses scènes, ses livres ! Une récente polémique conduira à un douloureux affrontement entre deux romancières de talent, Marie Darrieussecq et Camille Laurens. D'autres arbitrages internes à la « profession » mettent en scène le monde littéraire d'aujourd'hui. C'est en 2000 que paraît, en France un livre dont un extrait provoque le scandale parce qu'il affirme qu'une radio publique fait appel à un trop grand nombre de « collaborateurs juifs »(*sic*). Dans une pétition publiée par le *Monde*, des intellectuels conduits par Philippe Sollers demanderont immédiatement le retrait de *La Campagne de France*, de Renaud Camus. Ils estiment que « *défendre de publier… c'est, qu'on le veuille ou non, défendre de publier des opinions criminelles et condamnables* ». Le livre sera d'ailleurs provisoirement retiré de la vente par son éditeur, Fayard. En se faisant justice lui-même, le monde littéraire sauve finalement les apparences, règle ses comptes en famille et offre une sortie de crise sans passer par l'appareil judiciaire. La figure de l'écrivain en sort intacte : d'un côté, il dit ce qu'il veut, y compris l'inqualifiable, de l'autre il écrit pour protester et s'opposer au principe même de liberté !

Plus que la morale, ce sont aujourd'hui la religion et les communautés associées à tel ou tel culte qui semblent conduire les écrivains à publier un certain nombre de déclarations qui font scandale et les placent, *de facto*, sur le banc des accusés. Maurice G. Dantec, qui se définit comme «*combattant chrétien et sioniste*» déclare ainsi qu'il «*assume définitivement d'être étiqueté fasciste par la presse des bobos*». Certains propos de Michel Houellebecq lui ont valu des débats judiciaires. Après avoir affirmé que «*l'Islam est la religion la plus con au monde*», il sera relaxé devant le tribunal correctionnel de l'accusation « d'injure raciale et incitation à la haine religieuse ». L'époque, en démocratie du moins, n'est cependant plus au tribunal, à l'autodafé, à la fatwa ou à la lapidation.

À cela s'ajoute une particularité de l'époque : la rapidité des échanges, la globalisation des émotions, la dématérialisation des contenus, l'immédiateté de la captation, la récupération, l'extraction, la juxtaposition, la manipulation des mots, des paroles, autant de questions que posent le monde de la communication et la planète Internet, au premier plan. Tout devient, *de facto*, de manière accélérée, incontrôlable, *injusticiable*, la position et la réaction, la déclaration et le commentaire, puis le commentaire sur le commentaire, et de nouvelles déclarations sujettes à de nouveaux commentaires. Souvent sous couvert de l'anonymat le plus lâche. Internet est le véritable enjeu de l'époque. Peut-on tout écrire ? Sans signer ? Comment juger, condamner, interdire, punir s'il le faut ? Faut-il tout sacrifier, de la propriété littéraire, de l'intégrité de l'œuvre et de la rémunération des auteurs, sous prétexte, en commençant à numériser le patrimoine, de vouloir rendre accessible à tous et à tout moment le savoir universel ? Quel droit d'octroi pour celui, rêvant du monopole d'une seule plate-forme de distribution mondiale, qui voudrait gérer cet accès, et qui est prêt, médiocre revendeur dans l'univers de la grande braderie numérique, à tout casser, bien au-delà des prix, dans notre organisation sociale ? Dans un monde sans règles – en attendant que les hommes n'en fixent –, écrivains et lecteurs, c'est-à-dire aujourd'hui tout un chacun ayant accès à un ordinateur et à Internet, ne savent absolument plus ce qui est acceptable, autorisé, soutenable, justifiable, équitable. Si la censure apparaît dans l'histoire avec l'invention de l'imprimerie, que faut-il inventer aujourd'hui de répressif pour régler le ballet de la Toile et celui du Théâtre numérique ? Comment la justice des hommes s'appliquera-t-elle à un monde de catalogues pillés, au mépris du droit d'auteur, par des géants de la distribution, faisant passer pour des « réseaux » des entreprises de transactions commerciales ? Que font pour vous les juges, mesdames et messieurs les écrivains ? Une seule question, pour une époque plus que jamais éprise de morale, devrait alors se poser : faut-il brûler Internet, avec Google et Amazon dans le rôle des fagots, et mettre joyeusement au bûcher tous les internautes ?

Olivier et Patrick Poivre d'Arvor

# *Gustave Flaubert*

# *Le procès de* Madame Bovary

# *Introduction*

Quand débute le procès de son roman pour « outrage à la morale publique et religieuse, et aux bonnes mœurs », Flaubert a trente-quatre ans. *Madame Bovary*, fruit de cinq années de travail acharné, est paru l'année précédente sous forme de feuilleton dans la *Revue de Paris*. Le 29 janvier 1857 se tient la première audience du tribunal correctionnel de Paris à laquelle se présentent Flaubert, mais aussi Léon Laurent-Pichat, directeur de la *Revue de Paris*, et Auguste-Alexis Pillet, imprimeur.

Le procureur, Ernest Pinard, prononce un réquisitoire acharné contre le roman et son auteur. Il y fait preuve d'une troublante mauvaise foi, sortant des citations de leur contexte pour leur donner des connotations immorales. Flaubert a peaufiné sa défense. Il s'est assuré du soutien de Lamartine. Il a préparé un mémoire destiné aux juges dans lequel il cite de nombreuses œuvres classiques dont la moralité n'a jamais été mise en cause. Il écrit : « que l'on se rappelle, avant de me juger, Rabelais, Montaigne, Régnier, tout Molière, l'abbé Prévost, Lesage, Beaumarchais et Balzac… ». Son avocat, Maître Sénard, use de ces comparaisons, et s'attache à démontrer que dans le roman « les grands travers de la société figurent à chaque page » et que « l'adultère marche plein de dégoût et de honte ». Pinard ne parvient pas à faire condamner Flaubert. Mais il ne s'arrête pas en si bon chemin. Après Flaubert, il s'attaque, cette même année 1857, à Charles

Baudelaire et à Eugène Sue. Poursuivant sa carrière au Conseil d'État, puis devenu ministre de l'Intérieur en 1867, il participe notamment à l'élaboration d'une nouvelle loi sur la presse et fait condamner Henri Rochefort, un journaliste pamphlétaire.

Flaubert est acquitté, et son premier roman connaît un énorme succès, pourtant cet épisode marque à jamais sa vie et sa carrière littéraire. Le succès de *Madame Bovary* est pour lui indissociable du scandale que fut le procès. Les qualités réelles de l'ouvrage ont été plus négligées par les critiques. Flaubert écrit : « Quoi qu'il en soit, et malgré l'acquittement, je n'en reste pas moins à l'état d'auteur suspect. – Médiocre gloire ! » *Salammbô,* qui paraît en 1862, est un succès de librairie mais reçoit des jugements littéraires réservés. *L'Éducation sentimentale*, en 1869, est très mal accueilli et le roman se vend peu. *La Tentation de saint Antoine*, en 1874, est un échec. Après des années de vie mondaine et de rencontres artistiques fortes (Hugo, Sainte-Beuve, Baudelaire, Gautier, les frères Goncourt, George Sand...), Flaubert voit ses amis disparaître au fil des ans et se retrouve ruiné au tournant des années 1875. Ce n'est qu'avec la parution de *Trois contes*, à l'âge de 56 ans, qu'il renoue avec le succès et les faveurs de la critique. Il a alors entamé la rédaction de *Bouvard et Pécuchet*, collectant de la documentation pendant de nombreuses années. Sa mort, en mai 1880, laissera ce dernier roman inachevé.

# *L'accusation : réquisitoire d'Ernest Pinard, procureur impérial*

Messieurs, en abordant ce débat, le ministère public est en présence d'une difficulté qu'il ne peut pas se dissimuler. Elle n'est pas dans la nature même de la prévention : offenses à la morale publique et à la religion, ce sont là sans doute des expressions un peu vagues, un peu élastiques, qu'il est nécessaire de préciser. Mais, enfin, quand on parle à des esprits droits et pratiques, il est facile de s'entendre à cet égard, de distinguer si telle page d'un livre porte atteinte à la religion ou à la morale. La difficulté n'est pas dans notre prévention, elle est plutôt, elle est davantage dans l'étendue de l'œuvre que vous avez à juger. [...] Ici il ne s'agit pas d'un article de journal, mais d'un roman tout entier qui commence le 1er octobre, finit le 15 décembre, et se compose de six livraisons, dans la *Revue de Paris*, 1856. Que faire dans cette situation ? Quel est le rôle du ministère public ? Lire tout le roman ? C'est impossible. D'un autre côté, ne lire que les textes incriminés, c'est s'exposer à un reproche très fondé. On pourrait nous dire : si vous n'exposez pas le procès dans toutes ses parties, si vous passez ce qui précède et ce qui suit les passages incriminés, il est évident que vous étouffez le débat en restreignant le terrain de la discussion. Pour éviter ce double inconvénient, il n'y a qu'une marche à suivre, et la voici, c'est de vous raconter d'abord tout le roman sans en lire, sans en incriminer aucun passage, et puis de lire, d'incriminer en citant le texte, et enfin de répondre aux objections qui pourraient s'élever contre le système général de la prévention.

Quel est le titre du roman ? *Madame Bovary*. C'est un titre qui ne dit rien par lui-même. Il en a un second entre parenthèses : *Mœurs de province*. C'est encore là un titre qui n'explique pas la pensée de l'auteur, mais qui la fait pressentir. L'auteur n'a pas voulu suivre tel ou tel système philosophique vrai ou faux, il a voulu faire des tableaux de genre, et vous allez voir quels tableaux !!! Sans doute c'est le mari qui commence et qui termine le livre, mais le portrait le plus sérieux de l'œuvre, qui illumine les autres peintures, c'est évidemment celui de Mme Bovary.

Ici, je raconte, je ne cite pas. On prend le mari au collège, et, il faut le dire, l'enfant annonce déjà ce que sera le mari. Il est excessivement lourd et timide, si timide que lorsqu'il arrive au collège et qu'on lui demande son nom, il commence par répondre Charbovari. Il est si lourd qu'il travaille sans avancer. Il n'est jamais le premier, il n'est jamais le dernier non plus de sa classe ; c'est le type, sinon de la nullité, au moins de celui du ridicule au collège. Après les études du collège, il vint étudier la médecine à Rouen, dans une chambre au quatrième, donnant sur la Seine, que sa mère lui avait louée chez un teinturier de sa connaissance. C'est là qu'il fait ses études médicales et qu'il arrive petit à petit à conquérir, non pas le grade de docteur en médecine, mais celui d'officier de santé. Il fréquentait les cabarets, il manquait les cours, mais il n'avait au demeurant d'autre passion que celle de jouer aux dominos. Voilà M. Bovary.

[...]

M. Bovary, devenu veuf, songea à se remarier. Il interroge ses souvenirs ; il n'a pas besoin d'aller bien loin, il lui vient tout de suite à l'esprit la fille d'un fermier du voisinage qui avait singulièrement excité les soupçons de Mme Bovary, Mlle Emma Rouault. Le fermier Rouault n'avait qu'une fille, élevée aux Ursulines de Rouen. Elle s'occupait peu de la ferme ; son père désirait la marier. L'officier de santé se présente, il n'est pas difficile sur la dot, et vous comprenez qu'avec de telles dispositions de part et d'autre les choses vont vite. Le mariage est accompli. M. Bovary est aux genoux de sa femme, il est le plus heureux des hommes, le plus aveugle des maris ; sa seule préoccupation est de prévenir les désirs de sa femme.

Ici le rôle de M. Bovary s'efface ; celui de Mme Bovary devient l'œuvre sérieuse du livre.

Messieurs, Mme Bovary a-t-elle aimé son mari ou cherché à l'aimer ? Non, et dès le commencement il y a ce qu'on peut appeler la scène de l'initiation. À partir de ce moment, un autre horizon s'étale devant elle, une vie nouvelle lui apparaît. Le propriétaire du château de la Vaubyessard avait donné une grande fête. On avait invité l'officier de santé, on avait invité sa femme, et là il y eut pour elle comme une initiation à toutes les ardeurs de la volupté ! Elle avait aperçu le duc de Laverdière, qui avait eu des succès à la cour ; elle avait valsé avec un vicomte et éprouvé un trouble inconnu. À partir de ce moment, elle avait vécu d'une vie nouvelle ; son mari, tout ce qui l'entourait, lui était devenu insupportable. [...] Pour essayer de l'arracher à l'ennui qui la consumait, M. Bovary fit le sacrifice de sa clientèle, et vint s'installer à Yonville, C'est ici que vient la scène de la première chute. Nous sommes à la seconde livraison. Mme Bovary arrive à Yonville, et là, la première personne qu'elle rencontre, sur laquelle elle fixe ses regards, ce n'est pas le notaire de l'endroit, c'est l'unique clerc de ce notaire, Léon Dupuis. C'est un tout jeune homme qui fait son droit et qui va partir pour la capitale. Tout autre que M. Bovary aurait été inquiété des visites du jeune clerc, mais M. Bovary est si naïf qu'il croit à la vertu de sa femme ; Léon, inexpérimenté, éprouvait le même sentiment. Il est parti, l'occasion est perdue, mais les occasions se retrouvent facilement. Il y avait dans le voisinage d'Yonville un M. Rodolphe Boulanger (vous voyez que je raconte). C'était un homme de trente-quatre ans, d'un tempérament brutal ; il avait eu beaucoup de succès auprès des conquêtes faciles ; il avait alors pour maîtresse une actrice ; il aperçut Mme Bovary, elle état jeune, charmante ; il résolut d'en faire sa maîtresse. La chose était facile, il lui suffit de trois occasions. La première fois il était venu aux Comices agricoles, la seconde fois il lui avait rendu une visite, la troisième fois il lui avait fait faire une promenade à cheval que le mari avait jugée nécessaire à la santé de sa femme ; et c'est alors, dans une première visite de la forêt, que la chute a lieu. Les rendez-vous se multiplieront au château de Rodolphe, surtout dans le jardin de l'officier de santé. Les amants arrivent jusqu'aux limites extrêmes de la volupté ! Mme Bovary veut se faire enlever par Rodolphe, Rodolphe n'ose pas dire non, mais il lui écrit une lettre où il cherche à lui prouver, par beaucoup de raisons, qu'il ne peut pas l'enlever. Foudroyée à la réception de cette lettre, Mme Bovary a une fièvre cérébrale, à la suite de laquelle une fièvre typhoïde se déclare. La fièvre tua l'amour, mais resta la malade.

[...]

La chute avec Rodolphe avait été suivie d'une réaction religieuse, mais elle avait été courte ; Mme Bovary va tomber, de nouveau. Le mari avait jugé le spectacle utile à la convalescence de sa femme, et il l'avait conduite à Rouen. Dans une loge, en face de celle qu'occupaient M. et Mme Bovary, se trouvait Léon Dupuis, ce jeune clerc de notaire qui fait son droit à Paris, et qui en est revenu singulièrement instruit, singulièrement expérimenté. Il va voir Mme Bovary ; il lui propose un rendez-vous. Mme Bovary lui indique la cathédrale. Au sortir de la cathédrale, Léon lui propose de monter dans un fiacre. Elle résiste d'abord, mais Léon lui dit que cela se fait ainsi à Paris et, alors, plus d'obstacle. La chute a lieu dans le fiacre ! Les rendez-vous se multiplient pour Léon comme pour Rodolphe, chez l'officier de santé et puis dans une chambre qu'on avait louée à Rouen. Enfin elle arriva jusqu'à la fatigue même de ce second amour, et c'est ici que commence la scène de détresse, c'est la dernière du roman.

Mme Bovary avait prodigué, jeté les cadeaux à la tête de Rodolphe et de Léon, elle avait mené une vie de luxe, et, pour faire face à tant de dépenses, elle avait souscrit de nombreux billets à ordre. Elle avait obtenu de son mari une procuration générale pour gérer le patrimoine commun ; elle avait rencontré un usurier qui se faisait souscrire des billets, lesquels n'étant pas payés à l'échéance, étaient renouvelés, sous le nom d'un compère. Puis étaient venus le papier timbré, les protêts, les jugements, la saisie, et enfin l'affiche de la vente du mobilier de M. Bovary qui ignorait tout. Réduite aux plus cruelles extrémités, Mme Bovary demande de l'argent à tout le monde et n'en obtient de personne, Léon n'en a pas, et il recule épouvanté à l'idée d'un crime qu'on lui suggère pour s'en procurer. Parcourant tous les degrés de l'humiliation, Mme Bovary va chez Rodolphe ; elle ne réussit pas, Rodolphe n'a pas 3 000 francs. Il ne lui reste plus qu'une issue. De s'excuser auprès de son mari ? Non ; de s'expliquer avec lui ? Mais ce mari aurait la générosité de lui pardonner, et c'est là une humiliation qu'elle ne peut pas accepter : elle s'empoisonne. Viennent alors des scènes douloureuses. Le mari est là, à côté du corps glacé de sa femme. Il fait apporter sa robe de noces, il ordonne qu'on l'en enveloppe et qu'on enferme sa dépouille dans un triple cercueil.

Un jour, il ouvre le secrétaire et il y trouve le portrait

de Rodolphe, ses lettres et celles de Léon. Vous croyez que l'amour va tomber alors ? Non, non, il s'excite, au contraire, il s'exalte pour cette femme que d'autres ont possédée, en raison de ces souvenirs de volupté qu'elle lui a laissés ; et dès ce moment il néglige sa clientèle, sa famille, il laisse aller au vent les dernières parcelles de son patrimoine, et un jour on le trouve mort dans la tonnelle de son jardin, tenant dans ses mains une longue mèche de cheveux noirs.

Voilà le roman ; je l'ai raconté tout entier en n'en supprimant aucune scène. On l'appelle *Madame Bovary* ; vous pouvez lui donner un autre titre, et l'appeler avec justesse « Histoire des adultères d'une femme de province ».

Messieurs, la première partie de ma tâche est remplie ; j'ai raconté, je vais citer, et après les citations viendra l'incrimination qui porte sur deux délits ; offense à la morale publique, offense à la morale religieuse. L'offense à la morale publique est dans les tableaux lascifs que je mettrai sous vos yeux, l'offense à la morale religieuse dans des images voluptueuses mêlées aux choses sacrées. J'arrive aux citations. Je serai court, car vous lirez le roman tout entier. Je me bornerai à vous citer quatre scènes, ou plutôt quatre tableaux. La première, ce sera celle des amours et de la chute avec Rodolphe ; la seconde, la transition religieuse entre les deux adultères ; la troisième, ce sera la chute avec Léon, c'est le deuxième adultère, et, enfin, la quatrième, que je veux citer, c'est la mort de Mme Bovary.

Avant de soulever ces quatre coins du tableau, permettez-moi de me demander quelle est la couleur, le coup de pinceau de M. Flaubert, car, enfin, son roman est un tableau, et il faut savoir à quelle école il appartient, quelle est la couleur qu'il emploie, et quel est le portrait de son héroïne.



La couleur générale de l'auteur, permettez-moi de vous

le dire c'est la couleur lascive, avant, pendant et après ces chutes ! Elle est enfant, elle a dix ou douze ans, elle est au couvent des Ursulines. À cet âge où la jeune fille n'est pas formée, où la femme ne peut pas sentir ces émotions premières qui lui révèlent un monde nouveau, elle se confesse.

« Quand elle allait à confesse (cette première citation de la première livraison est à la page 30 du numéro du 1er octobre), quand elle allait à confesse, elle inventait de petits péchés afin de rester là plus longtemps, à genoux dans l'ombre, les mains jointes, le visage à la grille sous le chuchotement du prêtre. Les comparaisons de fiancé, d'époux, d'amant céleste et de mariage éternel qui reviennent dans les sermons lui soulevaient au fond de l'âme des douceurs inattendues. »

Est-ce qu'il est naturel qu'une petite fille invente de petits péchés, quand on sait que, pour un enfant, ce sont les plus petits qu'on a le plus de peine à dire ? Et puis, à cet âge-là, quand une petite fille n'est pas formée, la montrer inventant de petits péchés dans l'ombre, sous le chuchotement du prêtre, en se rappelant ces comparaisons de fiancé, d'époux, d'amant céleste et de mariage éternel, qui lui faisaient éprouver comme un frisson de volupté, n'est-ce pas faire ce que j'ai appelé une peinture lascive ?

Voulez-vous Mme Bovary dans ses moindres actes, à l'état libre, sans l'amant, sans la faute ? Je passe sur ce mot du lendemain, et sur cette mariée qui ne laissait rien découvrir où l'on pût deviner quelque chose ; il y a là déjà un tour de phrase plus qu'équivoque, mais voulez-vous savoir comment était le mari ?

Ce mari du lendemain « que l'on eût pris pour la vierge de la veille », et cette mariée « qui ne laissait rien découvrir où l'on pût deviner quelque chose ». Ce mari (p. 29) qui se lève et « part le cœur plein des félicités de la nuit, l'esprit tranquille, la chair contente », s'en allant « ruminant son bonheur comme ceux qui mâchent encore après dîner le goût des truffes qu'ils digèrent ».

Je tiens, messieurs, à vous préciser le cachet de l'œuvre littéraire de M. Flaubert et ses coups de pinceau. Il a quelquefois des traits qui veulent beaucoup dire, et ces traits ne lui coûtent rien.

Et puis, au château de la Vaubyessard, savez-vous ce qui attire les regards de cette jeune femme, ce qui la frappe le plus ? C'est toujours la même chose, c'est le duc de Laverdière, amant, « disait-on, de Marie-Antoinette, entre MM. de Coigny et de Lauzun », et sur lequel « les yeux d'Emma revenaient d'eux-mêmes, comme sur quelque chose d'extraordinaire et d'auguste ; il avait vécu à la cour et couché dans le lit des reines ! ».

Ce n'est là qu'une parenthèse historique, dira-t-on ? Triste et inutile parenthèse ! L'histoire a pu autoriser des soupçons, mais non le droit de les ériger en certitude. L'histoire a parlé du collier dans tous les romans, l'histoire a parlé de mille choses, mais ce ne sont là que des soupçons, et, je le répète, je ne sache pas qu'elle ait autorisé à transformer ces soupçons en certitude. Et quand Marie-Antoinette est morte avec la dignité d'une souveraine et le calme d'une chrétienne, ce sang versé pourrait effacer des fautes, à plus forte raison des soupçons. Mon Dieu, M. Flaubert a eu besoin d'une image frappante pour peindre son héroïne, et il a pris celle-là pour exprimer tout à la fois et les instincts pervers et l'ambition de Mme Bovary !

Mme Bovary doit très bien valser, et la voici valsant : « Ils commencèrent lentement, puis allèrent plus vite. Ils tournaient ; tout tournait autour d'eux, les lampes, les meubles, les lambris et le parquet, comme un disque sur un pivot. En passant auprès des portes, la robe d'Emma par le bas s'ériflait au pantalon ; leurs jambes entraient l'une dans l'autre, il baissait ses regards vers elle, elle levait les siens vers lui ; une torpeur la prenait, elle s'arrêta. Ils repartirent, et, d'un mouvement plus rapide, le vicomte l'entraînant, disparut avec elle, jusqu'au bout de la galerie où, haletante, elle faillit tomber et, un instant, s'appuya la tête sur sa poitrine. Et puis, tournant toujours, mais plus doucement, il la reconduisit à sa place ; elle se renversa contre la muraille et mit la main devant ses yeux. »

Je sais bien qu'on valse un peu de cette manière, mais cela n'en est pas plus moral !

Prenez Mme Bovary dans les actes les plus simples, c'est toujours le même coup de pinceau, il est à toutes les pages. Aussi Justin, le domestique du pharmacien voisin, a-t-il des émerveillements subits quand il est initié dans le secret du cabinet de toilette de cette femme. Il poursuit sa voluptueuse admiration jusqu'à la cuisine.

[...]

Aussi le mari se demande-t-il, en présence de cette femme sentant frais, si l'odeur vient de la peau ou de la chemise.

[...]

Vous connaissez maintenant la physionomie de Mme Bovary au repos, quand elle ne provoque personne, quand elle ne pêche pas, quand elle est encore complètement innocente, quand, au retour d'un rendez-vous, elle n'est pas encore à côté d'un mari qu'elle déteste ; vous connaissez maintenant la couleur générale du tableau, la physionomie générale de Mme Bovary. L'auteur a mis le plus grand soin, employé tous les prestiges de son style pour peindre cette femme. A-t-il essayé de la montrer du côté de l'intelligence ? Jamais. Du côté du cœur ? Pas davantage. Du côté de l'esprit ? Non. Du côté de la beauté physique ? Pas même. Oh ! je sais bien qu'il y a un portrait de Mme Bovary après l'adultère des plus étincelants ; mais le tableau est avant tout lascif, les poses sont voluptueuses, la beauté de Mme Bovary est une beauté de provocation.

J'arrive maintenant aux quatre citations importantes ; je n'en ferai que quatre ; je tiens à restreindre mon cadre. [...].

Voyons la première. Mme Bovary est près de la chute, près de succomber.

« La médiocrité domestique la poussait à des fantaisies luxueuses, les tendresses matrimoniales en des désirs adultères, »... « elle se maudit de n'avoir pas aimé Léon, elle eut soif de ses lèvres. »

Qu'est-ce qui a séduit Rodolphe et l'a préparé ? Le gonflement de l'étoffe de la robe de Mme Bovary qui s'est crevée de place en place selon les inflexions du corsage ! [...] Aussi voici la réflexion de Rodolphe : « Il revoyait Emma dans la salle, habillée comme il l'avait vue, et il la déshabillait. » (p. 417). C'est le premier jour où ils se parlent. « Ils se regardaient, un désir suprême faisait frissonner leurs lèvres sèches, et mollement, sans effort, leurs doigts se confondirent. » Ce sont là les préliminaires de la chute. Il faut lire la chute elle-même. [...] « Le drap de sa robe s'accrochait au velours de l'habit. Elle renversa son cou blanc, qui se gonflait d'un soupir ; et défaillante, tout en pleurs, avec un long frémissement et se cachant la figure, elle s'abandonna. » Lorsqu'elle se fut relevée, lorsqu'après avoir secoué les fatigues de la volupté, elle rentra au foyer domestique, à ce foyer où elle devait trouver un mari qui l'adorait, après sa première faute, après ce premier adultère, après cette première chute, est-ce le remords, le sentiment du remords qu'elle éprouve, au regard de ce mari trompé qui l'adorait ? Non ! le front haut, elle rentra en glorifiant l'adultère. « En s'apercevant dans la glace, elle s'étonna de son visage. Jamais elle n'avait eu les yeux si grands, si noirs, ni d'une telle profondeur. Quelque chose de subtil épandu sur sa personne la transfigurait. Elle se répétait : J'ai un amant ! un amant ! se délectant à cette idée comme à celle d'une autre puberté qui lui serait survenue. Elle allait donc enfin posséder ces plaisirs de l'amour, cette fièvre de bonheur dont elle avait désespéré. Elle entrait dans quelque chose de merveilleux, où tout serait passion, extase, délire… »

Ainsi, dès cette première faute, dès cette première chute, elle fait glorification de l'adultère, elle chante le cantique de l'adultère, sa poésie, ses voluptés. Voilà, messieurs, qui pour moi est bien plus dangereux, bien plus immoral que la chute elle-même !

Messieurs, tout est pâle devant cette glorification de l'adultère. [...]

Connaissez-vous au monde, messieurs, un langage plus expressif ? Avez-vous jamais vu un tableau plus lascif ?

Jusqu'ici la beauté de cette femme avait consisté dans sa grâce, dans sa tournure, dans ses vêtements ; enfin elle vient de vous être montrée sans voile, et vous pouvez dire si l'adultère ne l'a pas embellie :

« – Emmène-moi ! s'écria-t-elle. Enlève-moi !... oh ! je t'en supplie ! Et elle se précipita sur sa bouche, comme pour y saisir le consentement inattendu qui s'exhalait dans un baiser. »

Voila un portrait, messieurs, comme sait les faire M. Flaubert. Comme les yeux de cette femme s'élargissent ! Comme quelque chose de ravissant est épandu sur elle, depuis sa chute ! Sa beauté a-t-elle jamais été aussi éclatante que le lendemain de sa chute, que dans les jours qui ont suivi sa chute ? Ce que l'auteur vous montre, c'est la poésie de l'adultère, et je vous demande encore une fois si ces pages lascives ne sont pas d'une immoralité profonde !!!

J'arrive à la seconde citation. La seconde citation est une transition religieuse. Mme Bovary avait été très malade, aux portes du tombeau. Elle revient à la vie, sa convalescence est signalée par une petite transition religieuse.

« M. Bournisien *(c'était le curé)* venait la voir. Il s'enquérait de sa santé, lui apportait des nouvelles et l'exhortait à la religion dans un petit bavardage câlin, qui ne manquait pas d'agrément. La vue seule de sa soutane la réconfortait. »

Enfin elle va faire la communion. Je n'aime pas beaucoup à rencontrer des choses saintes dans un roman, mais au moins, quand on en parle, faudrait-il ne pas les travestir par le langage. Y a-t-il dans cette femme adultère qui va à la communion quelque chose de la foi de la Madeleine repentante ? Non, non, c'est toujours la femme passionnée qui cherche des illusions, et qui les cherche dans les choses les plus saintes, les plus augustes.

« Un jour qu'au plus fort de sa maladie elle s'était crue agonisante, elle avait demandé la communion ; et à mesure que l'on faisait dans sa chambre les préparatifs pour le sacrement, que l'on disposait en autel la commode encombrée de sirops, et que Félicité semait par terre des fleurs de dahlia, Emma sentait quelque chose de fort passant sur elle, qui la débarrassait de ses douleurs, de toute perception, de tout sentiment. Sa chair allégée ne pesait plus, une autre vie commençait ; il lui sembla que son être montant vers Dieu allait s'anéantir dans cet amour, comme un encens allumé qui se dissipe en vapeur. »

Dans quelle langue prie-t-on Dieu avec les paroles adressées à l'amant dans les épanchements de l'adultère ? Sans doute on parlera de la couleur locale, et on s'excusera en disant qu'une femme vaporeuse, romanesque, ne fait pas, même en religion, les choses comme tout le monde. Il n'y a pas de couleur locale qui excuse ce mélange ! Voluptueuse un jour, religieuse le lendemain, nulle femme, même dans d'autres régions, même sous le ciel d'Espagne ou d'Italie, ne murmure à Dieu les caresses adultères qu'elle donnait à l'amant. Vous apprécierez ce langage, messieurs, et vous n'excuserez pas ces paroles de l'adultère introduites, en quelque sorte, dans le sanctuaire de la divinité ! [...]

On vous a parlé tout à l'heure des souillures du mariage ; on va vous montrer encore l'adultère dans toute sa poésie, dans ses ineffables séductions. J'ai dit qu'on aurait dû au moins modifier les expressions et dire : les désillusions du mariage et les souillures de l'adultère. Bien souvent, quand on s'est marié, au lieu du bonheur sans nuages qu'on s'était promis, on rencontre les sacrifices, les amertumes. Le mot désillusion peut donc être justifié, celui de souillure ne saurait l'être.

Léon et Emma se sont donné rendez-vous à la cathédrale. Ils la visitent, ou ils ne la visitent pas. Ils sortent.

[...]

Nous savons maintenant, messieurs, que la chute n'a pas lieu dans le fiacre. Par un scrupule qui l'honore, le rédacteur de la *Revue* a supprimé le passage de la chute dans le fiacre. Mais si la *Revue de Paris* baisse les stores du fiacre, elle nous laisse pénétrer dans la chambre où se donnent les rendez-vous.

Emma veut partir, car elle avait donné sa parole qu'elle reviendrait le soir même. « D'ailleurs, Charles l'attendait ; et déjà elle se sentait au cœur cette lâche docilité qui est pour bien des femmes comme le châtiment tout à la fois et la rançon de l'adultère... » Léon, sur le trottoir, continuait à marcher, elle le suivait jusqu'à l'hôtel ; il montait, il ouvrait la porte, entrait. Quelle étreinte ! Puis les paroles après les baisers se précipitaient. On se racontait les chagrins de la semaine, les pressentiments, les inquiétudes pour les lettres ; mais à présent tout s'oubliait, et ils se regardaient face à face, avec des rires de volupté et des appellations de tendresse. [...] Voici encore un passage très important – comme peinture lascive !

« Comme ils aimaient cette bonne chambre pleine de gaieté malgré sa splendeur un peu fanée ! Ils trouvaient toujours les meubles à leur place, et parfois des épingles à cheveux qu'elle avait oubliées, l'autre jeudi, sous le socle de la pendule. Ils déjeunaient au coin du feu, sur un petit guéridon incrusté de palissandre. [...] Quand elle s'asseyait sur ses genoux, sa jambe, alors trop courte, pendait en l'air, et la mignarde chaussure, qui n'avait pas de quartier, tenait seulement par les orteils à son pied nu. Il savourait pour la première fois, et dans l'exercice de l'amour, l'inexprimable délicatesse des élégances féminines. Jamais il n'avait rencontré cette grâce de langage, cette réserve de vêtement, ces poses de colombe assoupie. Il admirait l'exaltation de son âme et les dentelles de sa jupe. D'ailleurs, n'était-ce pas une femme du monde, et une femme mariée ? une vraie maîtresse, enfin ? »

Voilà, messieurs, une description qui ne laissera rien à désirer, j'espère, au point de vue de la prévention ? En voici une autre, ou plutôt, voici la continuation de la même scène :

« Elle avait des paroles qui l'enflammaient avec des baisers qui lui emportaient l'âme. Où donc avait-elle appris ces caresses presque immatérielles, à force d'être profondes et dissimulées ? »

Oh ! Je comprends bien, messieurs, le dégoût que lui inspirait ce mari qui voulait l'embrasser à son retour ; je comprends à merveille que lorsque les rendez-vous de cette espèce avaient lieu elle sentît avec horreur, la nuit, « contre sa chair, cet homme étendu qui dormait ».

Ce n'est pas tout, à la page 73, il est un dernier tableau que je ne peux pas omettre ; elle était arrivée jusqu'à la fatigue de la volupté.

« Elle se promettait continuellement pour son prochain voyage une félicité profonde ; puis elle s'avouait ne rien sentir d'extraordinaire. Mais cette déception s'effaçait vite sous un espoir nouveau, et Emma revenait à lui plus enflammée, plus haletante, plus avide. Elle se déshabillait brutalement, arrachant le lacet mince de son corset qui sifflait autour de ses hanches comme une couleuvre qui glisse. Elle allait sur la pointe de ses pieds nus regarder encore une fois si la porte était fermée, puis elle faisait d'un seul geste tomber ensemble tous ses vêtements; – et pâle, sans parler, sérieuse, elle s'abattait contre sa poitrine, avec un long frisson. »

Je signale ici deux choses, messieurs, une peinture admirable sous le rapport du talent, mais une peinture exécrable au point de vue de la morale. Oui, M. Flaubert sait embellir ses peintures avec toutes les ressources de l'art, mais sans les ménagements de l'art. Chez lui point de gaze, point de voiles, c'est la nature dans toute sa nudité, dans toute sa crudité!

Encore une citation de la page 78.

« Ils se connaissaient trop pour avoir ces ébahissements de possession qui en centuplent la joie. Elle était aussi dégoûtée de lui qu'il était fatigué d'elle. Emma retrouvait dans l'adultère toutes les platitudes du mariage. »

Platitudes du mariage, poésie de l'adultère! Tantôt, c'est la souillure du mariage, tantôt ce sont ses platitudes, mais c'est toujours la poésie de l'adultère. Voilà, messieurs, les situations que M. Flaubert aime à peindre, et malheureusement il ne les peint que trop bien.

J'ai raconté trois scènes. [...]. Maintenant que nous croyons nos convictions faites, arrivons à la dernière scène, à celle du supplice.

Des coupures nombreuses y ont été faites, à ce qu'il paraît, par la *Revue de Paris*. Voici en quels termes M. Flaubert s'en plaint: « Des considérations que je n'ai pas à apprécier ont contraint la *Revue de Paris* à faire une suppression dans le numéro du 1er décembre. Ses scrupules s'étant renouvelés à l'occasion du présent numéro, elle a jugé convenable d'enlever encore plusieurs passages. En conséquence, je déclare dénier la responsabilité des lignes qui suivent ; le lecteur est donc prié de n'y voir que des fragments et non pas un ensemble. »

Passons donc sur ces fragments et arrivons à la mort. Elle s'empoisonne. Elle s'empoisonne, pourquoi ? « Ah ! c'est bien peu de chose, la mort, pensa-t-elle ; je vais m'endormir et tout sera fini. » Puis, sans un remords, sans un aveu, sans une larme de repentir sur ce suicide qui s'achève et les adultères de la veille, elle va recevoir le sacrement des mourants. Pourquoi le sacrement, puisque, sans sa pensée de tout à l'heure, elle va au néant ? Pourquoi, quand il n'y a pas une larme, pas un soupir de Madeleine sur son crime d'incrédulité, sur son suicide, sur ses adultères ?

Après cette scène, vient celle de l'extrême-onction. Ce sont des paroles saintes et sacrées pour tous. C'est avec ces paroles-là que nous avons endormi nos aïeux, nos pères et nos proches, et c'est avec elles qu'un jour nos enfants nous endormiront. Quand on veut les reproduire, il faut le faire exactement ; il ne faut pas du moins les accompagner d'une image voluptueuse sur la vie passée.

Vous le savez, le prêtre fait les onctions saintes sur le front, sur les oreilles, sur la bouche, sur les pieds, en prononçant ces phrases liturgiques : *Quidquid per pedes, per aures, per pectus*, etc., toujours suivies des mots *misericordia*... péché d'un côté, miséricorde de l'autre. Il faut les reproduire exactement, ces paroles saintes et sacrées ; si vous ne 1es reproduisez pas exactement, au moins n'y mettez rien de voluptueux.

« Elle tourna sa figure lentement et parut saisie de joie à voir tout à coup l'étole violette, sans doute retrouvant au milieu d'un apaisement extraordinaire la volupté perdue de ses premiers élancements mystiques, avec des visions de béatitude éternelle qui commençaient.

Le prêtre se releva pour prendre le crucifix ; alors elle allongea le cou comme quelqu'un qui a soif, et collant ses lèvres sur le corps de l'Homme-Dieu, elle y déposa de toute sa force expirante le plus grand baiser d'amour qu'elle eût jamais donné. [...] »

Maintenant, il y a les prières des agonisants que le prêtre récite tout bas, où à chaque verset se trouvent les mots : « Âme chrétienne, partez pour une région plus haute. » On les murmure au moment où le dernier souffle du mourant s'échappe de ses lèvres. Le prêtre les récite, etc.

« À mesure que le râle devenait plus fort, l'ecclésiastique précipitait ses oraisons ; elles se mêlaient aux sanglots étouffés de Bovary, et quelquefois tout semblait disparaître dans le sourd murmure des syllabes latines qui tintaient comme un glas lugubre. »

L'auteur a jugé à propos d'alterner ces paroles, de leur faire une sorte de réplique. Il fait intervenir sur le trottoir un aveugle qui entonne une chanson dont les paroles profanes sont une sorte de réponse aux prières des agonisants.

[...]

C'est à ce moment que Mme Bovary meurt. Ainsi voilà le tableau : d'un côté, le prêtre qui récite les prières des agonisants ; de l'autre, le joueur d'orgue, qui excite chez la mourante « un rire atroce, frénétique, désespéré, croyant voir la face hideuse du misérable qui se dressait dans les ténèbres éternelles comme un épouvantement... Une convulsion la rabattit sur le matelas. Tous s'approchèrent. Elle n'existait plus ».

Et puis ensuite, lorsque le corps est froid, la chose qu'il faut respecter par-dessus tout, c'est le cadavre que l'âme a quitté. Quand le mari est là, à genoux, pleurant sa femme, quand il a étendu sur elle le linceul, tout autre se serait arrêté, et c'est le moment où M. Flaubert donna le dernier coup de pinceau.

« Le drap se creusait depuis ses seins jusqu'à ses genoux, se relevant ensuite à la pointe des orteils. »

Voilà la scène de la mort. Je l'ai abrégée, je l'ai groupée en quelque sorte. C'est à vous de juger et d'apprécier si c'est là le mélange du sacré au profane, ou si ce ne serait pas plutôt le mélange du sacré au voluptueux.

J'ai raconté le roman, je l'ai incriminé ensuite et, permettez-moi de le dire, le genre que M. Flaubert cultive, celui qu'il réalise sans les ménagements de l'art, mais avec toutes les ressources de l'art, c'est le genre descriptif, la peinture réaliste. [...] M. Flaubert excelle dans la peinture ; il aime à peindre les tentations, surtout les tentations auxquelles a succombé Mme Bovary. Eh bien ! je trouve un modèle du genre dans les quelques lignes qui suivent de *L'Artiste* du mois de janvier, signées Gustave Flaubert, sur la tentation de saint Antoine. Mon Dieu ! c'est un sujet sur lequel on peut dire beaucoup de choses, mais je ne crois pas qu'il soit possible de donner plus de vivacité à l'image, plus de trait à la peinture. Apollinaire à saint Antoine : « – Est-ce la science ? Est-ce la gloire ? Veux-tu rafraîchir tes yeux sur des jasmins humides ? Veux-tu sentir ton corps s'enfoncer comme dans une onde dans la chair douce des femmes pâmées ? »

Eh bien ! c'est la même couleur, la même énergie de pinceau, la même vivacité d'expression !

Il faut se résumer. J'ai analysé le livre, j'ai raconté, sans oublier une page. J'ai incriminé ensuite, c'était la seconde partie de ma tâche : j'ai précisé quelques portraits, j'ai montré Mme Bovary au repos, vis-à-vis de son mari, vis-à-vis de ceux qu'elle ne devait pas tenter, et je vous ai fait toucher les couleurs lascives de ce portrait ! Puis, j'ai analysé quelques grandes scènes : la chute avec Rodolphe, la transition religieuse, les amours avec Léon, la scène de la mort, et dans toutes j'ai trouvé le double délit d'offense à la morale publique et à la religion.

Je n'ai besoin que de deux scènes : l'outrage à la morale, est-ce que vous ne le verrez pas dans la chute avec Rodolphe ? Est-ce que vous ne le verrez pas dans cette glorification de l'adultère ? Est-ce que vous ne le verrez pas surtout dans ce qui se passe avec Léon ? Et puis, l'outrage à la morale religieuse, je le trouve dans le trait sur la confession, p. 30 de la 1re livraison, n° du 1er octobre, dans la transition religieuse, p. 854 et 550 du 15 novembre, et enfin dans la dernière scène de la mort.

Vous avez devant vous, messieurs, trois inculpés : M. Flaubert, l'auteur du livre, M. Pichat qui l'a accueilli et M. Pillet qui l'a imprimé. En cette matière, il n'y a pas de délit sans publicité, et tous ceux qui ont concouru à la publicité doivent être également atteints. Mais nous nous hâtons de le dire, le gérant de la *Revue* et l'imprimeur ne sont qu'en seconde ligne. Le principal prévenu, c'est l'auteur, c'est M. Flaubert, M. Flaubert qui, averti par la note de la rédaction, proteste contre la suppression qui est faite à son œuvre. Après lui, vient au second rang M. Laurent Pichat, auquel vous demanderez compte non de cette suppression qu'il a faite, mais de celles qu'il aurait dû faire, et, enfin, vient en dernière ligne l'imprimeur qui est une sentinelle avancée contre le scandale. M. Pillet, d'ailleurs, est un homme honorable contre lequel je n'ai rien à dire. Nous ne vous demandons qu'une chose, de lui appliquer la loi. Les imprimeurs doivent lire ; quand ils n'ont pas lu ou fait lire, c'est à leurs risques et périls qu'ils impriment. Les imprimeurs ne sont pas des machines ; ils ont un privilège, ils prêtent serment, ils sont dans une situation spéciale, ils sont responsables. Encore une fois, ils sont, si vous me permettez l'expression, comme des sentinelles avancées ; s'ils laissent passer le délit, c'est comme s'ils laissaient passer l'ennemi. Atténuez la peine autant que vous voudrez vis-à-vis de Pillet ; soyez même indulgents vis-à-vis du gérant de la *Revue* ; quant à Flaubert, le principal coupable, c'est à lui que vous devez réserver vos sévérités !

Ma tâche remplie, il faut attendre les objections ou les prévenir. On nous dira comme objection générale : mais, après tout, le roman est moral au fond, puisque l'adultère est puni ?

À cette objection, deux réponses : je suppose l'œuvre morale, par hypothèse, une conclusion morale ne pourrait pas amnistier les détails lascifs qui peuvent s'y trouver. Et puis je dis : l'œuvre au fond n'est pas morale.

Je dis, messieurs, que des détails lascifs ne peuvent pas être couverts par une conclusion morale, sinon on pourrait raconter toutes les orgies imaginables, décrire toutes les turpitudes d'une femme publique, en la faisant mourir sur un grabat à l'hôpital. Il serait permis d'étudier et de montrer toutes ses poses lascives ! Ce serait aller contre toutes les règles du bon sens. Ce serait placer le poison à la portée de tous et le remède à la portée d'un bien petit nombre, s'il y avait un remède. Qui est-ce qui lit le roman de M. Flaubert ? Sont-ce des hommes qui s'occupent d'économie politique ou sociale ? Non ! Les pages légères de *Madame Bovary* tombent en des mains plus légères, dans des mains de jeunes filles, quelquefois de femmes mariées. Eh bien ! lorsque l'imagination aura été séduite, lorsque cette séduction sera descendue jusqu'au cœur, lorsque le cœur aura parlé aux sens, est-ce que vous croyez qu'un raisonnement bien froid sera bien fort contre cette séduction des sens et du sentiment ? Et puis, il ne faut pas que l'homme se drape trop dans sa force et dans sa vertu, l'homme porte les instincts d'en bas et les idées d'en haut, et, chez tous, la vertu n'est que la conséquence d'un effort, bien souvent pénible. Les peintures lascives ont généralement plus d'influence que les froids raisonnements. Voilà ce que je réponds à cette théorie, voilà ma première réponse, mais j'en ai une seconde.

Je soutiens que le roman de *Madame Bovary*, envisagé au point de vue philosophique, n'est point moral. Sans doute Mme Bovary meurt empoisonnée ; elle a beaucoup souffert, c'est vrai ; mais elle meurt à son heure et à son jour, mais elle meurt, non parce qu'elle est adultère, mais parce qu'elle l'a voulu ; elle meurt dans tout le prestige de sa jeunesse et de sa beauté ; elle meurt après avoir eu deux amants, laissant un mari qui l'aime, qui l'adore, qui trouvera le portrait de Rodolphe, qui trouvera ses lettres et celles de Léon, qui lira les lettres d'une femme deux fois adultère, et qui, après cela, l'aimera encore davantage au-delà du tombeau. Qui peut condamner cette femme dans le livre ? Personne. Telle est la conclusion. Il n'y a pas dans le livre un personnage qui puisse la condamner. Si vous y trouvez un personnage sage, si vous y trouvez un seul principe en vertu duquel l'adultère soit stigmatisé, j'ai tort. Donc, si, dans tout le livre, il n'y a pas un personnage qui puisse lui faire courber la tête, s'il n'y a pas une idée, une ligne en vertu de laquelle l'adultère soit flétri, c'est moi qui ai raison, le livre est immoral !

Serait-ce au nom de l'honneur conjugal que le livre serait condamné ? Mais l'honneur conjugal est représenté par un mari béat, qui, après la mort de sa femme, rencontrant Rodolphe, cherche sur le visage de l'amant les traits de la femme qu'il aime (livraison du 15 décembre, p. 289). Je vous le demande, est-ce au nom de l'honneur conjugal que vous pouvez stigmatiser cette femme, quand il n'y a pas dans le livre un seul mot où le mari ne s'incline devant l'adultère.

Serait-ce au nom de l'opinion publique ? Mais l'opinion publique est personnifiée dans un être grotesque, dans le pharmacien Homais, entouré de personnages ridicules que cette femme domine.

Le condamnerez-vous au nom du sentiment religieux ? Mais ce sentiment, vous l'avez personnifié dans le curé Bournisien, prêtre à peu près aussi grotesque que le pharmacien, ne croyant qu'aux souffrances physiques, jamais aux souffrances morales, à peu près matérialiste.

Le condamnerez-vous au nom de la conscience de l'auteur ? Je ne sais pas ce que pense la conscience de l'auteur ; mais, dans son chapitre X, le seul philosophique de l'œuvre (livr. du 15 décembre), je lis la phrase suivante : « Il y a toujours après la mort de quelqu'un comme une stupéfaction qui se dégage, tant il est difficile de comprendre cette survenue du néant et de se résigner à y croire. »

Ce n'est pas un cri d'incrédulité, mais c'est du moins un cri de scepticisme. Sans doute il est difficile de le comprendre et d'y croire ; mais, enfin, pourquoi cette stupéfaction qui se manifeste à la mort ? Pourquoi ? Parce que cette survenue est quelque chose qui est un mystère, parce qu'il est difficile de le comprendre et de le juger, mais il faut s'y résigner. Et moi je dis que si la mort est la survenue du néant, que si le mari béat sent croître son amour en apprenant les adultères de sa femme, que si l'opinion est représentée par des êtres grotesques, que si le sentiment religieux est représenté par un prêtre ridicule, une seule personne a raison, règne, domine : c'est Emma Bovary. Messaline a raison contre Juvénal.

Voilà la conclusion philosophique du livre, tirée non par l'auteur, mais par un homme qui réfléchit et approfondit les choses, par un homme qui a cherché dans le livre un personnage qui pût dominer cette femme. Il n'y en a pas. Le seul personnage qui y domine, c'est Mme Bovary. Il faut donc chercher ailleurs que dans le livre, il faut chercher dans cette morale chrétienne qui est le fond des civilisations modernes. Pour cette morale, tout s'explique et s'éclaircit.



En son nom l'adultère est stigmatisé, condamné, non

pas parce que c'est une imprudence qui expose à des désillusions et à des regrets, mais parce que c'est un crime pour la famille. Vous stigmatisez et vous condamnez le suicide, non pas parce que c'est une folie, le fou n'est pas responsable; non pas parce que c'est une lâcheté, il demande quelquefois un certain courage physique, mais parce qu'il est le mépris du devoir dans la vie qui s'achève, et le cri de l'incrédulité dans la vie qui commence.

Cette morale stigmatise la littérature réaliste, non pas parce qu'elle peint les passions : la haine, la vengeance, l'amour; le monde ne vit que là-dessus, et l'art doit les peindre; mais quand elle les peint sans frein, sans mesure. L'art sans règle n'est plus l'art; c'est comme une femme qui quitterait tout vêtement. Imposer à l'art l'unique règle de la décence publique, ce n'est pas l'asservir, mais l'honorer. On ne grandit qu'avec une règle. Voilà, messieurs, les principes que nous professons, voilà une doctrine que nous défendons avec conscience.

## *La défense : plaidoirie de Maître Sénard*

Messieurs, M. Gustave Flaubert est accusé devant vous d'avoir fait un mauvais livre, d'avoir, dans ce livre, outragé la morale publique et la religion. M. Gustave Flaubert est auprès de moi ; il affirme devant vous qu'il a fait un livre honnête ; il affirme devant vous que la pensée de son livre, depuis la première ligne jusqu'à la dernière, est une pensée morale, religieuse, et que, si elle n'était pas dénaturée (nous avons vu pendant quelques instants ce que peut un grand talent pour dénaturer une pensée), elle serait (et elle reviendra tout à l'heure) pour vous ce qu'elle a été déjà pour les lecteurs du livre, une pensée éminemment morale et religieuse pouvant se traduire par ces mots : l'excitation à la vertu par l'horreur du vice.

[…] Je viens ici, dans cette enceinte, remplir un devoir de conscience, après avoir lu le livre, après avoir senti s'exhaler par cette lecture tout ce qu'il y a en moi d'honnête et de profondément religieux. […] Ce premier ouvrage, messieurs, qui provoque les passions, au dire de M. l'Avocat impérial, est le résultat de longues études, de longues méditations. M. Gustave Flaubert est un homme d'un caractère sérieux porté par sa nature aux choses graves, aux choses tristes. Ce n'est pas l'homme que le ministère public, avec quinze ou vingt lignes mordues çà et là, est venu vous présenter comme un faiseur de tableaux lascifs. Non ; il y a dans sa nature, je le répète, tout ce qu'on peut imaginer au monde de plus grave, de plus sérieux, mais en même temps de plus triste. Son livre, en rétablissant seulement une phrase, en mettant à côté des quelques lignes citées les quelques lignes qui précèdent et qui suivent, reprendra bientôt devant vous sa véritable couleur, en même temps qu'il fera connaître les intentions de l'auteur. Et, de la parole trop habile que vous avez entendue, il ne restera dans vos souvenirs qu'un sentiment d'admiration profonde pour un talent qui peut tout transformer.

[...] Mon client est de ceux qui n'appartiennent à aucune des écoles dont j'ai trouvé, tout à l'heure, le nom dans le réquisitoire. Mon Dieu ! il appartient à l'école réaliste, en ce sens qu'il s'attache à la réalité des choses. Il appartiendrait à l'école psychologique en ce sens que ce n'est pas la matérialité des choses qui le pousse, mais le sentiment humain, le développement des passions dans le milieu où il est placé. Il appartiendrait à l'école romantique moins peut-être qu'à toute autre, car si le romantisme apparaît dans son livre, de même que si le réalisme y apparaît, ce n'est pas par quelques expressions ironiques, jetées çà et là, que le ministère public a prises au sérieux. Ce que M. Flaubert a voulu surtout, ç'a été de prendre un sujet d'études dans la vie réelle, ç'a été de créer, de constituer des types vrais dans la classe moyenne et d'arriver à un résultat utile. Oui, ce qui a le plus préoccupé mon client dans l'étude à laquelle il s'est livré, c'est précisément ce but utile, poursuivi en mettant en scène trois ou quatre personnages de la société actuelle vivant dans les conditions de la vie réelle, et présentant aux yeux du lecteur le tableau vrai de ce qui se rencontre le plus souvent dans le monde.

Le ministère public, résumant son opinion sur *Madame Bovary*, a dit : Le second titre de cet ouvrage est : *Histoire des adultères d'une femme de province*. Je proteste énergiquement contre ce titre. Il me prouverait à lui seul, si je ne l'avais pas senti d'un bout à l'autre de votre réquisitoire, la préoccupation sous l'empire de laquelle vous avez constamment été. Non ! le second titre de cet ouvrage n'est pas : *Histoire des adultères d'une femme de province* ; il est, s'il vous faut absolument un second titre : histoire de l'éducation trop souvent donnée en province ; histoire des périls auxquels elle peut conduire, histoire de la dégradation, de la friponnerie, du suicide considéré comme conséquence d'une première faute, et d'une faute amenée elle-même par de premiers torts auxquels souvent une jeune femme est entraînée ; histoire de l'éducation, histoire d'une vie déplorable dont trop souvent l'éducation est la préface. Voilà ce que M. Flaubert a voulu peindre, et non pas les adultères d'une femme de province ; vous le reconnaîtrez bientôt en parcourant l'ouvrage incriminé.

Maintenant, le ministère public a aperçu dans tout cela, par-dessus tout, la couleur lascive. S'il m'était possible de prendre le nombre des lignes du livre que le ministère public a découpées, et de le mettre en parallèle avec le nombre des autres lignes qu'il a laissées de côté, nous serions dans la proportion totale de un à cinq cents, et vous verriez que cette proportion de un à cinq cents n'est pas une couleur lascive, n'est nulle part ; elle n'existe que sous la condition des découpures et des commentaires.

Maintenant, qu'est-ce que M. Gustave Flaubert a voulu peindre ? D'abord une éducation donnée à une femme au-dessus de la condition dans laquelle elle est née, comme il arrive, il faut bien le dire, trop souvent chez nous ; ensuite, le mélange d'éléments disparates qui se produit ainsi dans l'intelligence de la femme, et puis, quand vient le mariage, comme le mariage ne se proportionne pas à l'éducation, mais aux conditions dans lesquelles la femme est née, l'auteur a expliqué tous les faits qui se passent dans la position qui lui est faite.



Que montre-t-il encore ? Il montre une femme allant

au vice par la mésalliance, et du vice au dernier degré de la dégradation et du malheur. Tout à l'heure, quand, par la lecture de différents passages, j'aurai fait connaître le livre dans son ensemble, je demanderai au tribunal la liberté d'accepter la question en ces termes : Ce livre, mis dans les mains d'une jeune femme, pourrait-il avoir pour effet de l'entraîner vers des plaisirs faciles, vers l'adultère, ou de lui montrer, au contraire, le danger des les premiers pas, et de la faire frissonner d'horreur ? La question ainsi posée, c'est votre conscience qui la résoudra.

Je dis ceci, quant à présent : M. Flaubert a voulu peindre la femme qui, au lieu de chercher à s'arranger dans la condition qui lui est donnée, avec sa situation, avec sa naissance ; au lieu de chercher à se faire à la vie qui lui appartient, reste préoccupée de mille aspirations étrangères puisées dans une éducation trop élevée pour elle ; qui, au lieu de s'accommoder des devoirs de sa position, d'être la femme tranquille du médecin de campagne avec lequel elle passe ses jours, au lieu de chercher le bonheur dans sa maison, dans son union, le cherche dans d'interminables rêvasseries, et puis, qui, bientôt, rencontrant sur sa route un jeune homme qui coquette avec elle, joue avec elle le même jeu (mon Dieu ! ils sont inexpérimentés l'un et l'autre), s'excite en quelque sorte par degrés, s'effraye quand, recourant à la religion de ses premières années, elle n'y trouve pas une force suffisante ; et nous verrons tout à l'heure pourquoi elle ne l'y trouve pas. Cependant l'ignorance du jeune homme et sa propre ignorance la préservent d'un premier danger. Mais elle est bientôt rencontrée par un homme comme il y en a tant, comme il y en a trop dans le monde, qui se saisit d'elle, pauvre femme déjà déviée, et l'entraîne. Voilà ce qui est capital, ce qu'il fallait voir, ce qu'est le livre lui-même.

Le ministère public s'irrite, et je crois qu'il s'irrite à tort, au point de vue de la conscience et du cœur humain, de ce que, dans la première scène, madame Bovary trouve une sorte de plaisir, de joie à avoir brisé sa prison, et rentre chez elle en disant : « J'ai un amant. » Vous croyez que ce n'est pas là le premier cri du cœur humain ! La preuve est entre vous et moi. Mais il fallait regarder un peu plus loin, et vous auriez vu que, si le premier moment, le premier instant de cette chute excite chez cette femme une sorte de transport de joie, de délire, à quelques lignes plus loin la déception arrive, et, suivant l'expression de l'auteur, elle semble à ses propres yeux humiliée.

Oui, la déception, la douleur, le remords lui arrivent à l'instant même. L'homme auquel elle s'était confiée, livrée, ne l'avait prise que pour s'en servir un instant comme d'un jouet ; le remords la ronge, la déchire. Ce qui vous a choqué, ç'a été d'entendre appeler cela les désillusions de l'adultère ; vous auriez mieux aimé les *souillures* chez un écrivain qui faisait poser cette femme, laquelle n'ayant pas compris le mariage, se sentait souillée par le contact d'un mari ; laquelle, ayant cherché ailleurs son idéal, avait trouvé les désillusions de l'adultère. Ce mot vous a choqué ; au lieu des *désillusions*, vous auriez voulu les *souillures* de l'adultère. Le tribunal jugera. Quant à moi, si j'avais à faire poser le même personnage, je lui dirais : Pauvre femme ! si vous croyez que les baisers de votre mari sont quelque chose de monotone, d'ennuyeux, si vous n'y trouvez – c'est le mot qui a été signalé – que les platitudes du mariage, s'il vous semble voir une souillure dans cette union à laquelle l'amour n'a pas présidé, prenez-y garde, vos rêves sont une illusion, et vous serez un jour cruellement détrompée. Celui qui crie bien fort, messieurs, qui se sert du mot souillure pour exprimer ce que nous avons appelé désillusion, celui-là dit un mot vrai, mais vague, qui n'apprend rien à l'intelligence. J'aime mieux celui qui ne crie pas fort, qui ne prononce pas le mot de souillure, mais qui avertit la femme de la déception, de la désillusion, qui lui dit : Là où vous croyez trouver l'amour, vous ne trouverez que le libertinage ; là où vous croyez trouver le bonheur, vous ne trouverez que des amertumes. Un mari qui va tranquillement à ses affaires, qui vous embrasse, qui met son bonnet de coton et mange la soupe avec vous est un mari prosaïque qui vous révolte ; vous aspirez à un homme qui vous aime, qui vous idolâtre, pauvre enfant ! cet homme sera un libertin, qui vous aura prise une minute pour jouer avec vous. L'illusion se sera produite la première fois, peut-être la seconde ; vous serez rentrée chez vous enjouée, en chantant la chanson de l'adultère : « J'ai un amant ! » La troisième fois vous n'aurez pas besoin d'arriver jusqu'à lui, la désillusion sera venue. Cet homme que vous aviez rêvé, aura perdu tout son prestige ; vous aurez retrouvé dans l'amour les platitudes du mariage ; et vous les aurez retrouvées avec le mépris, le dédain, le dégoût et le remords poignant.

Voilà, messieurs, ce que M. Flaubert a dit, ce qu'il a peint, ce qui est à chaque ligne de son livre ; voilà ce qui distingue son œuvre de toutes les œuvres du même genre. C'est que chez lui les grands travers de la société figurent à chaque page ; c'est que chez lui l'adultère marche plein de dégoût et de honte. Il a pris dans les relations habituelles de la vie l'enseignement le plus saisissant qui puisse être donné à une jeune femme. Oh ! mon Dieu, celles de nos jeunes femmes qui ne trouvent pas dans les principes honnêtes, élevés, dans une religion sévère de quoi se tenir fermes dans l'accomplissement de leurs devoirs de mères, qui ne le trouvent pas surtout dans cette résignation, cette science pratique de la vie qui nous dit qu'il faut s'accommoder de ce que nous avons, mais qui portent leurs rêveries au-dehors, ces jeunes femmes les plus honnêtes, les plus pures qui, dans le prosaïsme de leur ménage, sont quelquefois tourmentées par ce qui se passe autour d'elles, un livre comme celui-là, soyez-en sûrs, en fait réfléchir plus d'une. Voilà ce que M. Flaubert a fait.

Et prenez bien garde à une chose : M. Flaubert n'est pas un homme qui vous peint un charmant adultère, pour faire arriver ensuite le *Deus ex machina,* non ; vous avez sauté trop vite de la page que vous avez lue à la dernière. L'adultère, chez lui, n'est qu'une suite de tourments, de regrets, de remords ; et puis il arrive à une expiation finale, épouvantable. Elle est excessive. Si M. Flaubert pèche, c'est par l'excès, et je vous dirai tout à l'heure de qui est ce mot. L'expiation ne se fait pas attendre ; et c'est en cela que le livre est éminemment moral et utile, c'est qu'il ne promet pas à la jeune femme quelques-unes de ces belles années au bout desquelles elle peut dire : après cela, on peut mourir. Non ! Dès le second jour arrive l'amertume, la désillusion. Le dénouement pour la moralité se trouve à chaque ligne du livre.

[...]

Toutefois, messieurs, de même qu'il se plaît à nous décrire le riant berceau où se joue Emma encore enfant, avec son feuillage, avec ses petites fleurs roses ou blanches qui viennent de s'épanouir, et ses sentiers embaumés ; – de même, quand elle sera sortie de là, quand elle ira dans d'autres chemins, dans des chemins où elle trouvera de la fange, quand elle y salira ses pieds, quand les taches mêmes rejailliront plus haut sur elle, il ne faudrait pas qu'il le dît ! Mais ce serait supprimer complètement le livre, je vais plus loin : l'élément moral, sous prétexte de le défendre, car si la faute ne peut pas être montrée, si elle ne peut pas être indiquée, si dans un tableau de la vie réelle qui a pour but de montrer par la pensée le péril, la chute, l'expiation, si vous voulez empêcher de peindre tout cela, c'est évidemment ôter au livre sa conclusion.

Ce livre n'a pas été pour mon client l'objet d'une distraction de quelques heures, il représente deux ou trois années d'études incessantes. Et je vais vous dire maintenant quelque chose de plus: M. Flaubert qui, après tant d'années de travaux, tant d'études, tant de voyages, tant de notes recueillies dans les auteurs qu'il a lus – vous verrez, mon Dieu! où il a puisé, car c'est quelque chose d'étrange qui se chargera de le justifier –, vous le verrez, lui aux couleurs lascives, tout imprégné de Bossuet et de Massillon. C'est dans l'étude de ces auteurs que nous allons le retrouver tout à l'heure, cherchant, non pas à les plagier, mais à reproduire dans ses descriptions les pensées, les couleurs employées par eux. Quand, après tout ce travail fait avec tant d'amour, quand son œuvre a son but, est-ce que vous croyez que, plein de confiance en lui-même et malgré tant d'études et de méditations, il a voulu immédiatement se lancer dans la lice! [...] Et quand la poursuite est venue, ce n'est pas lui seulement qui a été surpris, profondément affligé; mais, permettez-moi de vous le dire, c'est nous qui ne comprenions pas cette poursuite, c'est moi tout le premier, qui avais lu le livre avec un intérêt très vif, à mesure que la publication en a été faite; ce sont des amis intimes. Mon Dieu! il y a des nuances qui quelquefois pourraient nous échapper dans nos habitudes, mais qui ne peuvent pas échapper à des femmes d'une grande intelligence, d'une grande pureté, d'une grande chasteté. Il n'y a pas de nom qui puisse se prononcer dans cette audience, mais si je vous disais ce qui a été dit à M. Flaubert, ce qui m'a été dit à moi-même par des mères de famille qui avaient lu ce livre, si je vous disais leur étonnement après avoir reçu de cette lecture une impression si bonne qu'elles ont cru devoir en remercier l'auteur, si je vous disais leur étonnement, leur douleur, quand elles ont appris que ce livre devait être considéré comme contraire à la morale publique, à leur foi religieuse, à la foi de toute leur vie, mon Dieu ! mais il y aurait dans la réunion de ces appréciations mêmes de quoi me fortifier, si j'avais besoin d'être fortifié au moment de combattre les attaques du ministère public.

Pourtant, au milieu de toutes ces appréciations de la littérature contemporaine, il y en a une que je veux vous dire. Il y en a une, qui n'est pas seulement respectée par nous à raison d'un beau et d'un grand caractère, qui, au milieu même de l'adversité, de la souffrance, contre lesquelles il lutte courageusement chaque jour, grand par le souvenir de beaucoup d'actions inutiles à rappeler ici, mais grand par des œuvres littéraires qu'il faut rappeler parce que c'est là ce qui fait sa compétence, grand surtout par la pureté qui existe dans toutes ses œuvres, par la chasteté de tous ses écrits : Lamartine.

[...]

Mon client est allé chez Lamartine ; et il a trouvé chez lui non pas seulement un homme qui l'a encouragé, mais un homme qui lui a dit : « Vous m'avez donné la meilleure œuvre que j'aie lue depuis vingt ans. » C'étaient, en un mot, des éloges tels que mon client, dans sa modestie, osait à peine me les répéter. Lamartine lui prouvait qu'il avait lu les livraisons, et le lui prouvait de la manière la plus gracieuse, en lui en disant des pages tout entières.

[...]

Maintenant, comment une œuvre pareille a-t-elle pu encourir une poursuite ? Voulez-vous me permettre de vous le dire ? La *Revue de Paris*, dont le comité de lecture avait lu l'œuvre en son entier, car le manuscrit lui avait été envoyé longtemps avant la publication, n'y avait rien trouvé à redire. Quand on est arrivé à imprimer le cahier du 1er décembre 1856, un des directeurs de la *Revue* s'est effarouché de la scène dans un fiacre. Il a dit : « Ceci n'est pas convenable, nous allons le supprimer. » Flaubert s'est offensé de la suppression. Il n'a pas voulu qu'elle eût lieu sans qu'une note fût placée au bas de la page. C'est lui qui a exigé la note. C'est lui qui, pour son amour-propre d'auteur, ne voulant pas que son œuvre fût mutilée, ni que, d'un autre côté, il y eût quelque chose qui donnât des inquiétudes à la *Revue*, a dit : « Vous supprimerez si bon vous semble, mais vous déclarerez que vous avez supprimé » ; et alors on convint de la note suivante :

« La direction s'est vue dans la nécessité de supprimer ici un passage qui ne pouvait convenir à la rédaction de la *Revue de Paris* ; nous en donnons acte à l'auteur. »

[...] Ce fut là un excès de réserve de la part de la *Revue* ; et très certainement ce n'est pas un excès de réserve qui pouvait donner matière à un procès ; vous allez voir cependant comment elle a donné matière au procès. Ce qu'on ne voit pas, ce qui est supprimé ainsi paraît une chose fort étrange. On a supposé beaucoup de choses qui n'existaient pas, comme vous l'avez vu par la lecture du passage primitif. Mon Dieu, savez-vous ce qu'on a supposé ? Qu'il y avait probablement dans le passage supprimé quelque chose d'analogue à ce que vous aurez la bonté de lire dans un des plus merveilleux romans sortis de la plume d'un honorable membre de l'Académie française, M. Mérimée.

M. Mérimée, dans un roman intitulé *La Double Méprise*, raconte une scène qui se passe dans une chaise de poste. Ce n'est pas la localité de la voiture qui a de l'importance, c'est, comme ici, dans le détail de ce qui se fait dans son intérieur. Je ne veux pas abuser de l'audience, je ferai passer le livre au ministère public et au tribunal. Si nous avions écrit la moitié ou le quart de ce qu'a écrit M. Mérimée, j'éprouverais quelque embarras dans la tâche qui m'est donnée, ou plutôt je la modifierais. Au lieu de dire ce que j'ai dit, ce que j'affirme, que M. Flaubert a écrit un bon livre, un livre honnête, utile, moral, je dirais : la littérature a ses droits ; M. Mérimée a fait une œuvre littéraire très remarquable, et il ne faut pas se montrer si difficile sur les détails quand l'ensemble est irréprochable. Je m'en tiendrais là, j'absoudrais et vous absoudriez.

[...] Vous ne pouvez pas être de ceux qui, quand on leur porte deux lignes de l'écriture d'un homme, sont assurés de le faire pendre à quelque condition que ce soit. Vous ne voulez pas qu'un homme soit jugé sur des découpures, plus ou moins habilement faites. Vous ne voulez pas cela ; vous ne voulez pas nous priver des ressources ordinaires de la défense. Eh bien ! vous avez le livre, et quoique ce soit moins commode que ce que nous voulions faire, vous ferez vous-mêmes les divisions, les observations, les rapprochements, parce que vous voulez la vérité et qu'il faut que ce soit la vérité qui serve de base à votre jugement, et la vérité sortira de l'examen sérieux du livre.

Cependant je ne puis pas m'en tenir là. Le ministère public attaque le livre, il faut que je prenne le livre même pour le défendre, que je complète les citations qu'il en a faites, et que, sur chaque passage incriminé, je montre le néant de l'incrimination ; ce sera toute ma défense.

Je n'essayerai pas, assurément, d'opposer aux appréciations élevées, animées, pathétiques, dont le ministère public a entouré tout ce qu'il a dit, des appréciations du même genre ; la défense n'aurait pas le droit de prendre de telles allures ; elle se contentera de citer les textes tels qu'ils sont.

Et d'abord, je déclare que rien n'est plus faux que ce qu'on a dit tout à l'heure de la couleur lascive. La couleur lascive ! Où donc avez-vous pris cela ? Mon client a dépeint dans *Madame Bovary* quelle femme ? Eh ! Mon Dieu ! c'est triste à dire, mais cela est vrai, une jeune fille, née comme elles le sont presque toutes, honnête ; c'est du moins le plus grand nombre, mais bien fragiles quand l'éducation, au lieu de les fortifier, les a amollies ou jetées dans une mauvaise voie. Il a pris une jeune fille ; est-ce une nature perverse ? Non, c'est une nature impressionnable, accessible à l'exaltation.

[...] Voulez-vous me permettre de vous dire ce qui me paraît bien grave, ce que M. Flaubert a compris et qu'il a mis en relief ? Il y a une espèce de religion qui est celle qu'on parle généralement aux jeunes filles et qui est la plus mauvaise de toutes. On peut, à cet égard, différer dans les appréciations. Quant à moi, je déclare nettement ceci que je ne connais rien de beau, d'utile, de nécessaire pour soutenir, non pas seulement les femmes dans le chemin de la vie, mais les hommes eux-mêmes qui ont quelquefois de bien pénibles épreuves à traverser ; que je ne connais rien de plus utile et de plus nécessaire que le sentiment religieux, mais le sentiment religieux grave et, permettez-moi d'ajouter, sévère.

[...]

Ah ! vous m'avez accusé d'avoir, dans le tableau de la société moderne, confondu l'élément religieux avec le sensualisme ! Accusez donc la société au milieu de laquelle nous sommes, mais n'accusez pas l'homme qui, comme Bossuet, s'écrie : « Réveillez-vous et prenez garde au péril ! » Mais venir dire aux pères de famille : Prenez garde, ce ne sont pas là de bonnes habitudes à donner à vos filles, il y a dans tous ces mélanges de mysticisme quelque chose qui sensualise la religion ; venir dire cela, c'est dire la vérité. C'est pour cela que vous accusez Flaubert, c'est pour cela que j'exalte sa conduite. Oui, il a bien fait d'avertir, ainsi, les familles des dangers de l'exaltation chez les jeunes personnes qui s'en prennent aux petites pratiques, au lieu de s'attacher à une religion forte et sévère qui les soutiendrait au jour de la faiblesse. Et, maintenant, vous allez voir d'où vient l'intention des petits péchés « sous le chuchotement du prêtre ». Lisons la page 30.

« Elle avait lu *Paul et Virginie* et elle avait rêvé la maisonnette de bambous, le nègre Domingo, le chien Fidèle, mais surtout l'amitié douce de quelque bon petit frère, qui va chercher pour vous des fruits rouges dans des grands arbres plus hauts que des clochers ou qui court pieds nus sur le sable, vous apportant un nid d'oiseaux. »

Est-ce lascif cela, messieurs ? Continuons.

*M. l'Avocat impérial.* – Je n'ai pas dit que ce passage fût lascif.

*Me Sénard.* – Je vous en demande bien pardon, c'est précisément dans ce passage que vous avez relevé une phrase lascive, et vous n'avez pu la trouver lascive qu'en l'isolant de ce qui précédait et de ce qui suivait. [...]

La voilà, cette jeune fille dont vous avez fait l'éducation, la voilà devenue femme. M. l'Avocat impérial a dit : Essaye-t-elle même d'aimer son mari ? Vous n'avez pas lu le livre ; si vous l'aviez lu, vous n'auriez pas fait cette objection.

La voilà, messieurs, cette pauvre femme, elle rêvassera d'abord. À la page 34 vous verrez ses rêvasseries. Et il y a plus, il y a quelque chose dont M. l'Avocat impérial n'a pas parlé, et qu'il faut que je vous dise, ce sont ses impressions quand sa mère mourut ; vous verrez si c'est lascif, cela ! [...]

Je veux répondre aux reproches de M. l'Avocat impérial, qu'elle ne fait aucun effort pour aimer son mari.

*M. l'Avocat impérial.* – Je ne lui ai pas reproché cela ; j'ai dit qu'elle n'avait pas réussi.

*Me Sénard.* – Si j'ai mal compris, si vous n'avez pas fait ce reproche, c'est la meilleure réponse qui puisse être faite. Je croyais vous l'avoir entendu faire ; mettons que je me sois trompé. [...]

Il n'y a pas un homme l'ayant lu, qui ne dise, ce livre à la main, que M. Flaubert n'est pas seulement un grand artiste mais un homme de cœur, pour avoir dans les six dernières pages déversé toute l'horreur et le mépris sur la femme, et tout l'intérêt sur le mari. Il est encore un grand artiste, comme on l'a dit parce qu'il n'a pas transformé le mari, parce qu'il l'a laissé jusqu'à la fin ce qu'il était, un bon homme, vulgaire, médiocre, remplissant les devoirs de sa profession, aimant bien sa femme mais dépourvu d'éducation, manquant d'élévation dans la pensée. Il est de même au lit de mort de sa femme. Et, pourtant, il n'y a pas un individu dont le souvenir revienne avec plus d'intérêt. Pourquoi ? Parce qu'il a gardé jusqu'à la fin la simplicité, la droiture du cœur ; parce que jusqu'à la fin il a rempli son devoir dont sa femme s'était écartée. Sa mort est aussi belle, aussi touchante, que la mort de sa femme est hideuse. Sur le cadavre de la femme, l'auteur a montré les taches que lui ont laissées les vomissements du poison ; elles ont sali le linceul blanc dans lequel elle va être ensevelie, il a voulu en faire un objet de dégoût ; mais il y a un homme qui est sublime, c'est le mari, sur le bord de cette fosse. Il y a un homme qui est grand, sublime, dont la mort est admirable, c'est le mari, qui, après avoir vu successivement se briser par la mort de sa femme tout ce qui pouvait lui rester d'illusions au cœur, embrasse par la pensée sa femme sous une tombe. Mettez-le, je vous en prie, dans vos souvenirs, l'auteur a été au-delà – Lamartine le lui a dit – de ce qui était permis, pour rendre la mort de la femme hideuse et l'expiation plus terrible. [...]

Et vous craignez, monsieur l'Avocat impérial, que les jeunes femmes lisent cela ! Je suis moins effrayé, moins timide que vous.

Mais marchons, nous arrivons à toutes les aventures de la désillusion. Vous m'opposez les caresses de Léon à la page 60. Hélas ! elle va payer bientôt la rançon de l'adultère ; et cette rançon vous la trouverez terrible, à quelques pages plus loin de l'ouvrage que vous incriminez. Elle a cherché le bonheur dans l'adultère, la malheureuse ! Et elle y a trouvé, outre le dégoût et la fatigue que la monotonie du mariage peut donner à une femme qui ne marche pas dans la voie du devoir, elle y a trouvé la désillusion, le mépris de l'homme auquel elle s'était livrée. Est-ce qu'il manque quelque chose à ce mépris ? Oh non ! et vous ne le nierez pas, le livre est sous vos yeux : Rodolphe, qui s'est révélé si vil, lui donne une dernière preuve d'égoïsme et de lâcheté. Elle lui dit : « Emmène-moi ! Enlève-moi ! J'étouffe, je ne puis plus respirer dans la maison de mon mari dont j'ai fait la honte et le malheur. » Il hésite ; elle insiste, enfin il promet, et le lendemain elle reçoit de lui une lettre foudroyante, sous laquelle elle tombe, écrasée, anéantie. Elle tombe malade, elle est mourante. La livraison qui suit vous la montre dans toutes les convulsions d'une âme qui se débat, qui peut-être serait ramenée au devoir par l'excès de sa souffrance, mais malheureusement elle rencontre bientôt l'enfant avec lequel elle avait joué quand elle était inexpérimentée. Voilà le mouvement du roman, et puis vient l'expiation.

[...]

Monsieur l'Avocat impérial, j'ai cité tous les passages à l'aide desquels vous vouliez constituer un délit qui maintenant est brisé. Vous avez développé à l'audience ce que bon vous semblait, et vous avez eu beau jeu. Heureusement nous avions le livre, le défenseur savait le livre ; s'il ne l'avait pas su, sa position eût été bien étrange, permettez-moi de vous le dire. Je suis appelé à m'expliquer sur tels ou tels passages, et à l'audience on y substitue d'autres passages. Si je n'avais possédé le livre comme je le possède, la défense eût été difficile. Maintenant, je vous montre par une analyse fidèle que le roman, loin de devoir être présenté comme lascif, doit être au contraire considéré comme une œuvre éminemment morale. Après avoir fait cela, je prends les passages qui ont motivé la citation en police correctionnelle ; et après avoir fait suivre vos découpures de ce qui précède et de ce qui suit, l'accusation est si faible, qu'elle vous révolte vous-même, au moment où je les lis ! Ces mêmes passages que vous signaliez comme incriminables, il y a un instant, j'ai cependant bien le droit de les citer moi-même, pour vous faire voir le néant de votre accusation.

[...]

Et puis, si vous me le permettez, je mettrai en regard de tout ceci, sous vos yeux, ce que j'appelle, moi, des atteintes à la morale, c'est-à-dire la satisfaction des sens sans amertume, sans ces *larges gouttes de sueur* glacée, qui tombent du front chez ceux qui s'y livrent ; et je ne vous citerai pas des livres licencieux dans lesquels les auteurs ont cherché à exciter les sens, je vous citerai un livre – qui est donné en prix dans les collèges.

[...]

Qui a écrit cela ? Ce n'est même pas l'auteur de *La Nouvelle Héloïse*, c'est M. le Président de Montesquieu ! Ici, pas une amertume, pas un dégoût, tout est sacrifié à la beauté littéraire, et on donne cela en prix aux élèves de rhétorique, sans doute pour leur servir de modèle dans les amplifications ou les descriptions qu'on leur donne à faire. Montesquieu décrit dans les *Lettres persanes* une scène qui ne peut pas même être lue. Il s'agit d'une femme que cet auteur place entre deux hommes qui se la disputent. Cette femme ainsi placée entre deux hommes fait des rêves – qui lui paraissent fort agréables.

En sommes-nous là, monsieur l'Avocat impérial ! Faudra-t-il encore vous citer Jean-Jacques Rousseau dans les *Confessions* et ailleurs ! Non, je dirai seulement au tribunal que si, à propos de sa description de la voiture dans *La Double Méprise*, M. Mérimée était poursuivi, il serait immédiatement acquitté. On ne verrait dans son livre qu'une œuvre d'art, de grandes beautés littéraires. On ne le condamnerait pas plus qu'on ne condamne les peintres ou les statuaires qui ne se contentent pas de traduire toute la beauté du corps, mais toutes les ardeurs, toutes les passions.

Je n'en suis pas là ; je vous demande de reconnaître que M. Flaubert n'a pas chargé ses images, et qu'il n'a fait qu'une chose : toucher de la main la plus ferme la scène de la dégradation. À chaque ligne de son livre il fait ressortir la désillusion, et, au lieu de terminer par quelque chose de gracieux, il s'attache à nous montrer cette femme arrivant, après le mépris, l'abandon, la ruine de sa maison, à la mort la plus épouvantable. En un mot, je ne puis que répéter ce que j'ai dit en commençant la plaidoirie, que M. Flaubert est l'auteur d'un bon livre, d'un livre qui est l'excitation à la vertu par l'horreur du vice.

J'ai maintenant à examiner l'outrage à la religion. L'outrage à la religion commis par M. Flaubert ! Et en quoi, s'il vous plaît ? M. l'Avocat impérial a cru voir en lui un sceptique. Je puis répondre à M. l'Avocat impérial qu'il se trompe. Je n'ai pas ici de profession de foi à faire, je n'ai que le livre à défendre, c'est ce qui fait que je me borne à ce simple mot. Mais, quant au livre, je défie M. l'Avocat impérial d'y trouver quoi que ce soit qui ressemble à un outrage à la religion. Vous avez vu comment la religion a été introduite dans l'éducation d'Emma, et comment cette religion, faussée de mille manières, ne pouvait retenir Emma sur la pente qui l'entraînait.

[...]

Maintenant, s'il vous plaît, arrivons à une autre scène, à la scène de l'extrême-onction. Oh ! monsieur l'Avocat impérial, combien vous vous êtes trompé quand, vous arrêtant aux premiers mots, vous avez accusé mon client de mêler le sacré au profane, quand il s'est contenté de traduire ces belles formules de l'extrême-onction, au moment où le prêtre touche tous les organes de nos sens [...].

Vous avez dit : il ne faut pas toucher aux choses saintes. De quel droit travestissez-vous ces saintes paroles : « Que Dieu dans sa sainte miséricorde, vous pardonne toutes les fautes que vous avez commises par la vue, par le goût, par l'ouïe, etc. » ?

Tenez, je vais vous lire le passage incriminé, et ce sera toute ma vengeance. J'ose dire ma vengeance, car l'auteur a besoin d'être vengé. Oui, il faut que M. Flaubert sorte d'ici, non seulement acquitté, mais vengé ! vous allez voir de quelles lectures il est nourri.

[...]

Maintenant, quand une femme meurt, et que le prêtre va lui donner l'extrême-onction ; quand on fait de cela une scène mystique et que nous traduisons avec fidélité scrupuleuse les paroles sacramentelles, on dit que nous touchons aux choses saintes. Nous avons porté une main téméraire aux choses saintes, parce que au *delquisti per oculos, per os, per aurem, per manus et per pedes*, nous avons ajouté le péché que chacun de ces organes avait commis. Nous ne sommes pas les premiers qui ayons marché sur cette voie.

[...]

La dernière scène du roman de *Madame Bovary* a été faite, comme toute l'étude de ce type, avec les documents religieux.

[...]

Voilà le *Rituel*, et vous y avez vu l'article incriminé ; il n'y a pas de raillerie, tout y est sérieux et émouvant. Et je vous le répète, celui qui a donné à mon client ce livre, et qui a vu mon client en faire l'usage qu'il en a fait, lui a serré la main avec des larmes. Vous voyez donc, monsieur l'Avocat impérial, combien est téméraire – pour ne pas me servir d'une expression qui, pour être exacte, serait plus sévère – l'accusation que nous avions touché aux choses saintes. Vous voyez maintenant que nous n'avons pas mêlé le profane au sacré, quand, à chacun des sens, nous avons indiqué le péché commis par ce sens, puisque c'est le langage de l'Église elle-même.

Insisterai-je, maintenant, sur les autres détails de délit d'outrage à la religion ? voilà que le ministère public me dit : « Ce n'est plus la religion, c'est la morale de tous les temps que vous avez outragée ; vous avez insulté la mort ! » Comment ai-je insulté la mort ? Parce qu'au moment où cette femme meurt, il passe dans la rue un homme que, plus d'une fois, elle avait rencontré demandant l'aumône près de la voiture dans laquelle elle revenait des rendez-vous adultères, l'aveugle qu'elle avait accoutumé de voir, l'aveugle qui chantait sa chanson pendant que la voiture montait lentement la côte, à qui elle jetait une pièce de monnaie, et dont l'aspect la faisait frissonner.

[...]

Mais dit le ministère public, sa mort est volontaire, cette femme meurt à son heure.

Est-ce qu'elle pouvait vivre ? Est-ce qu'elle n'était pas condamnée ? Est-ce qu'elle n'avait pas épuisé le dernier degré de la honte et de la bassesse ?

Oui, sur nos scènes, on montre les femmes qui ont dévié, gracieuses, souriantes, heureuses, et je ne veux pas dire ce qu'elles ont fait. *Questum corpore fecerant*. Je me borne à dire ceci. Quand on nous les montre heureuses, charmantes, enveloppées de mousseline, présentant main gracieuse à des comtes, à des marquis, à des ducs, que souvent elles répondent elles-mêmes au nom de marquises ou de duchesses : voilà ce que vous appelez respecter la morale publique. Et celui qui vous présente la femme adultère mourant honteusement, celui-là commet un outrage à la morale publique !

Tenez, je ne veux pas dire que ce n'est pas votre pensée que vous avez exprimée, puisque vous l'avez exprimée, mais vous avez cédé à une grande préoccupation. Non, ce n'est pas vous, le mari, le père de famille, l'homme qui est là, ce n'est pas vous, ce n'est pas possible ; ce n'est pas vous qui, sans la préoccupation du réquisitoire et d'une idée préconçue, seriez venu dire que M. Flaubert est l'auteur d'un mauvais livre ! Oui, abandonné à vos inspirations, votre appréciation serait la même que la mienne, je ne parle pas du point de vue littéraire, nous ne pouvons pas différer vous et moi à cet égard, mais au point de vue de la morale et du sentiment religieux tel que vous l'entendez, tel que je l'entends.

On nous a dit encore que nous avions mis en scène un curé matérialiste. Nous avons pris le curé, comme nous avons pris le mari. Ce n'est pas un ecclésiastique éminent, c'est un ecclésiastique ordinaire, un curé de campagne. Et de même que nous n'avons insulté personne, que nous n'avons exprimé aucun sentiment, aucune pensée qui pût être injurieuse pour le mari, nous n'avons pas davantage insulté l'ecclésiastique qui était là. Je n'ai qu'un mot à dire là-dessus.

Voulez-vous des livres dans lesquels les ecclésiastiques jouent un rôle déplorable ? Prenez *Gil Blas*, *Le Chanoine* de Balzac ; *Notre-Dame de Paris*, de Victor Hugo. Si vous voulez des prêtres qui soient la honte du clergé, prenez-les ailleurs, vous ne les trouveriez pas dans *Madame Bovary*. Qu'est-ce que j'ai montré, moi ? Un curé de campagne qui est dans ses fonctions de curé de campagne ce qu'est M. Bovary, un homme ordinaire. L'ai-je présenté libertin, gourmand, ivrogne ? Je n'ai pas dit un mot de cela. Je l'ai représenté remplissant son ministère, non pas avec une intelligence élevée, mais comme sa nature l'appelait à le remplir. J'ai mis en contact avec lui et en état de discussions presque perpétuelles un type qui vivra – comme a vécu la création de M. Prudhomme – comme vivront quelques autres créations de notre temps, tellement étudiées et prises sur le vrai, qu'il n'y a pas possibilité qu'on les oublie ; c'est le pharmacien de campagne, le voltairien, le sceptique, l'incrédule, l'homme qui est en querelle perpétuelle avec le curé. Mais dans ces querelles avec le curé, qui est-ce qui est continuellement battu, bafoué, ridiculisé ? C'est Homais, c'est lui à qui on a donné le rôle le plus comique parce qu'il est le plus vrai, celui qui peint le mieux notre époque sceptique, un enragé, ce qu'on appelle le prêtrophobe.

[...]

Permettez-moi de résumer tout ceci.

Je défends un homme qui, s'il avait rencontré une critique littéraire sur la forme de son livre, sur quelques expressions, sur trop de détails, sur un point ou sur un autre, aurait accepté cette critique littéraire du meilleur cœur du monde. Mais se voir accusé d'outrage à la morale et à la religion ! M. Flaubert n'en revient pas ; et il proteste ici devant vous avec tout l'étonnement et toute l'énergie dont il est capable contre une telle accusation.

Vous n'êtes pas de ceux qui condamnent les livres sur quelques lignes, vous êtes de ceux qui jugent avant tout la pensée, les moyens de mise en œuvre, et qui vous poserez cette question par laquelle j'ai commencé ma plaidoirie, et par laquelle je la finis : La lecture d'un tel livre donne-t-elle l'amour du vice ? L'expiation si terrible de la faute ne pousse-t-elle pas, n'excite-t-elle pas à la vertu ? La lecture de ce livre ne peut pas produire sur vous une impression autre que celle qu'elle a produite sur nous, à savoir : que ce livre est excellent dans son ensemble, et que les détails en sont irréprochables. Toute la littérature classique nous autorisait à des peintures et à des scènes bien autres que celles que nous nous sommes permises. Nous aurions pu, sous ce rapport, la prendre pour modèle, nous ne l'avons pas fait ; nous nous sommes imposé une sobriété dont vous nous tiendrez compte. Que s'il était possible que, par un mot ou par un autre, M. Flaubert eût dépassé la mesure qu'il s'était imposée, je n'aurais pas seulement à vous rappeler que c'est une première œuvre, mais j'aurais à vous dire qu'alors même qu'il se serait trompé, son erreur serait sans dommage pour la morale publique. Et le faisant venir en police correctionnelle – lui, que vous connaissez maintenant un peu par son livre, lui que vous aimez déjà un peu, j'en suis sûr, et que vous aimeriez davantage si vous le connaissiez davantage – est bien assez, il est déjà trop cruellement puni. À vous maintenant de statuer. Vous avez jugé le livre dans son ensemble et dans ses détails ; il n'est pas possible que vous hésitiez !

# *Le jugement*

Le tribunal a consacré une partie de l'audience de la huitaine dernière aux débats d'une poursuite exercée contre MM. Léon Laurent-Pichat et Auguste-Alexis Pillet, le premier gérant, le second imprimeur du recueil périodique la *Revue de Paris*, et M. Gustave Flaubert, homme de lettres, tous trois prévenus :

1° Laurent-Pichat, d'avoir, en 1856, en publiant dans les n^os^ des 1^er^ et 15 décembre de la *Revue de Paris* des fragments d'un roman intitulé *Madame Bovary* et, notamment, divers fragments contenus dans les pages 73, 77, 78, 272, 273, commis les délits d'outrage à la morale publique et religieuse et aux bonnes mœurs ;

2° Pillet et Flaubert d'avoir, Pillet en imprimant pour qu'ils fussent publiés, Flaubert en écrivant et remettant à Laurent-Pichat pour être publiés les fragments du roman intitulé *Madame Bovary*, sus-désignés, aidé et assisté, avec connaissance, Laurent-Pichat dans les faits qui ont préparé, facilité et consommé les délits sus-mentionnés, et de s'être ainsi rendus complices de ces délits prévus par les articles 1^er^ et 8 de la loi du 17 mai 1819, et 59 et 60 du Code pénal.

M. Pinard, substitut, a soutenu la prévention.

Le tribunal, après avoir entendu la défense présentée par M^e^ Sénard pour M. Flaubert, M^e^ Desmarest pour M. Pichat et M^e^ Faverie pour l'imprimeur, a remis à l'audience de ce jour (7 février) le prononcé du jugement, qui a été rendu en ces termes :

« Attendu que Laurent-Pichat, Gustave Flaubert et Pillet sont inculpés d'avoir commis les délits d'outrage à la morale publique et religieuse et aux bonnes mœurs; le premier, comme auteur, en publiant dans le recueil périodique intitulé la *Revue de Paris*, dont il est directeur gérant, et dans les numéros des 1er et 15 octobre, 1er et 15 novembre, 1er et 15 décembre 1856, un roman intitulé *Madame Bovary*, Gustave Flaubert et Pillet, comme complices, l'un en fournissant le manuscrit, et l'autre en imprimant ledit roman;

« Attendu que les passages particulièrement signalés du roman dont il s'agit, lequel renferme près de 300 pages, sont contenus, aux termes de l'ordonnance de renvoi devant le tribunal correctionnel, dans les pages 73, 77 et 78 (n° du 1er décembre), et 271, 272 et 273 (n° du 15 décembre 1856);

« Attendu que les passages incriminés, envisagés abstractivement et isolément présentent effectivement soit des expressions, soit des images, soit des tableaux que le bon goût réprouve et qui sont de nature à porter atteinte à de légitimes et honorables susceptibilités;

« Attendu que les mêmes observations peuvent s'appliquer justement à d'autres passages non définis par l'ordonnance de renvoi et qui, au premier abord, semblent présenter l'exposition de théories qui ne seraient pas moins contraires aux bonnes mœurs, aux institutions, qui sont la base de la société, qu'au respect dû aux cérémonies les plus augustes du culte;

« Attendu qu'à ces divers titres l'ouvrage déféré au tribunal mérite un blâme sévère, car la mission de la littérature doit être d'orner et de récréer l'esprit en élevant l'intelligence et en épurant les mœurs plus encore que d'imprimer le dégoût du vice en offrant le tableau des désordres qui peuvent exister dans la société;

« Attendu que les prévenus, et en particulier Gustave Flaubert, repoussent énergiquement l'inculpation dirigée contre eux, en articulant que le roman soumis au jugement du tribunal a un but éminemment moral;

que l'auteur a eu principalement en vue d'exposer les dangers qui résultent d'une éducation non appropriée au milieu dans lequel on doit vivre, et que, poursuivant cette idée, il a montré la femme, personnage principal de son roman, aspirant vers un monde et une société pour lesquels elle n'était pas faite, malheureuse de la condition modeste dans laquelle le sort l'aurait placée, oubliant d'abord ses devoirs de mère, manquant ensuite à ses devoirs d'épouse, introduisant successivement dans sa maison l'adultère et la ruine, et finissant misérablement par le suicide, après avoir passé par tous les degrés de la dégradation la plus complète et être descendue jusqu'au vol;

« Attendu que cette donnée, morale sans doute dans son principe, aurait dû être complétée dans ses développements par une certaine sévérité de langage et par une réserve contenue, en ce qui touche particulièrement l'exposition des tableaux et des situations que le plan de l'auteur lui faisait placer sous les yeux du public;

« Attendu qu'il n'est pas permis, sous prétexte de peinture de caractère ou de couleur locale, de reproduire dans leurs écarts les faits, dits et gestes des personnages qu'un écrivain s'est donné mission de peindre; qu'un pareil système, appliqué aux œuvres de l'esprit aussi bien qu'aux productions des beaux-arts, conduirait à un réalisme qui serait la négation du beau et du bon et qui, enfantant des œuvres également offensantes pour les regards et pour l'esprit, commettrait de continuels outrages à la morale publique et aux bonnes mœurs;

« Attendu qu'il y a des limites que la littérature, même la plus légère, ne doit pas dépasser, et dont Gustave Flaubert et co-inculpés paraissent ne s'être pas suffisamment rendu compte;

« Mais attendu que l'ouvrage dont Flaubert est l'auteur est une œuvre qui paraît avoir été longuement et sérieusement travaillée, au point de vue littéraire et de l'étude des caractères que les passages relevés par l'ordonnance de renvoi, quelque répréhensibles qu'ils soient, sont peu nombreux si on les compare à l'étendue de l'ouvrage ; que ces passages, soit dans les idées qu'ils exposent, soit dans les situations qu'ils représentent, rentrent dans l'ensemble des caractères que l'auteur a voulu peindre, tout en les exagérant et en les imprégnant d'un réalisme vulgaire et souvent choquant ;

« Attendu que Gustave Flaubert proteste de son respect pour les bonnes mœurs et tout ce qui se rattache à la morale religieuse ; qu'il n'apparaît pas que son livre ait été, comme certaines œuvres, écrit dans le but unique de donner une satisfaction aux passions sensuelles, à l`esprit de licence et de débauche, ou de ridiculiser des choses qui doivent être entourées du respect de tous ;

« Qu'il a eu le tort seulement de perdre parfois de vue les règles que tout écrivain qui se respecte ne doit jamais franchir, et d'oublier que la littérature, comme l'art, pour accomplir le bien qu'elle est appelée à produire, ne doit pas seulement être chaste et pure dans sa forme et dans son expression ;

« Dans ces circonstances, attendu qu'il n'est pas suffisamment établi que Pichat, Gustave Flaubert et Pillet se soient rendus coupables des délits qui leur sont imputés ;

« Le tribunal les acquitte de la prévention portée contre eux et les renvoie sans dépens. »

(*La Gazette des tribunaux*, 9 février 1857)

# *Charles Baudelaire*

# *Le procès des* Fleurs du mal

# *Introduction*

Lorsqu'il se présente en 1857 au procès intenté contre *Les Fleurs du mal*, son recueil de poésie paru deux mois auparavant, Baudelaire est confiant. Il est persuadé que la procédure judiciaire va se conclure par un non-lieu, comme ce fut le cas pour Flaubert quelques mois plus tôt. Plusieurs poèmes avaient déjà été publiés dans des journaux et revues, sans provoquer de réactions de la part de la justice. Baudelaire, alors critique d'art et traducteur de l'œuvre d'Edgar Poe, est reconnu par ses pairs, et soutenu par de nombreuses relations.

*Les Fleurs du mal* se compose de cent poèmes, et rassemble près de quinze ans d'écriture poétique. Sa parution, en juin 1857, est peu saluée par la critique, jusqu'à un article du *Figaro*, le 5 juillet, qui déclenche la machine judiciaire. On y lit que « l'odieux y coudoie l'ignoble, le repoussant s'y allie à l'infect. [...] Ce livre est un livre ouvert à toutes les démences de l'esprit, à toutes les putritudes du cœur ». Une semaine plus tard, le même journal enfonce le clou, traitant les poèmes « d'immondices fouillés à deux mains ». Le réquisitoire d'Ernest Pinard usera du même ton, affirmant que dans ce livre « le sens de la pudeur n'existe pas », et que « l'offense est à peu près partout ». Ce même Pinard, qui a échoué à faire condamner Flaubert, tient sa revanche et réussit à faire censurer *Les Fleurs du mal*. Il ira plus loin encore avec Eugène Sue, faisant saisir des milliers d'exemplaires des *Mystères du peuple* et condamner l'éditeur et l'imprimeur, malgré le décès de l'auteur au cours de l'instruction.

À l'issue du procès, le 20 août, Baudelaire est condamné à une amende, de même que son éditeur qui devra retirer six poèmes du recueil. La sentence est relativement clémente : si l'« outrage à la morale publique et aux bonnes mœurs » a été retenu, d'autres poèmes mis en cause n'ont pas été censurés. Mais Baudelaire est effondré. À trente-six ans, son héritage mis sous tutelle et ses dettes innombrables ne lui laissent pas les moyens de faire appel du jugement. À tel point qu'il écrit à l'impératrice Eugénie pour lui réclamer de réduire son amende, ce qui sera fait en janvier 1858. Il abandonnera l'idée, un temps caressée, de rédiger une préface aux *Fleurs du mal* pour justifier son projet poétique. En 1866, dans le recueil intitulé *Les Épaves*, Baudelaire réédite les six poèmes condamnés, mais à Bruxelles, hors de la juridiction française. Il meurt l'année suivante. Il faudra attendre le 31 mai 1949 pour que Baudelaire soit réhabilité, un arrêt de la Cour de cassation annulant alors le jugement de 1857.

# *L'accusation : réquisitoire d'Ernest Pinard, procureur impérial*

Poursuivre un livre pour offense à la morale publique est toujours chose délicate. Si la poursuite n'aboutit pas, on fait à l'auteur un succès, presque un piédestal ; il triomphe, et on a assumé, vis-à-vis de lui, l'apparence de la persécution.

J'ajoute que dans l'affaire actuelle, l'auteur arrive devant vous, protégé par des écrivains de valeur, des critiques sérieux dont le témoignage complique encore la tâche du ministère public.

Et cependant, messieurs, je n'hésite pas à la remplir. Ce n'est pas l'homme que nous avons à juger, c'est son œuvre ; ce n'est pas le résultat de la poursuite qui me préoccupe, c'est uniquement la question de savoir si elle est fondée.

Baudelaire n'appartient pas à une école. Il ne relève que de lui-même. Son principe, sa théorie, c'est de tout peindre, de tout mettre à nu. Il fouillera la nature humaine dans ses replis les plus intimes ; il aura, pour la rendre, des tons vigoureux et saisissants, il l'exagérera surtout dans ses côtés hideux ; il la grossira outre mesure, afin de créer l'impression, la sensation. Il fait ainsi, peut-il dire, la contrepartie du classique, du convenu, qui est singulièrement monotone et qui n'obéit qu'à des règles artificielles.

Le juge n'est point un critique littéraire, appelé à

se prononcer sur des modes opposés d'apprécier l'art et de le rendre. Il n'est point le juge des écoles, mais le législateur l'a investi d'une mission définie : le législateur a inscrit dans nos codes le délit d'offense à la morale publique, il a puni ce délit de certaines peines, il a donné au pouvoir judiciaire une autorité discrétionnaire pour reconnaître si cette morale est offensée, si la limite a été franchie. Le juge est une sentinelle qui ne doit pas laisser passer la frontière. Voilà sa mission.

Ici, dans le procès actuel, le ministère public devait-il donner l'éveil ? Voilà le procès. Pour le résoudre, citons dans ce recueil de pièces détachées celles que nous ne pouvons laisser passer sans protester.

Je lis, à la page 53, la pièce 20, intitulée *Les Bijoux* et j'y signale trois strophes qui, pour le critique le plus indulgent, constituent la peinture lascive, offensant la morale publique :

*Et son bras et sa jambe, et sa cuisse et ses reins,*
*Polis comme de l'huile, onduleux comme un cygne,*
*Passaient devant mes yeux clairvoyants et sereins ;*
*Et son ventre et ses seins, ces grappes de ma vigne,*
*S'avançaient, plus câlins que les Anges du mal,*
*Pour troubler le repos où mon âme était mise,*
*Et pour la déranger du rocher de cristal*
*Où, calme et solitaire, elle s'était assise.*
*Je croyais voir unis par un nouveau dessin*
*Les hanches de l'Antiope au buste d'un imberbe,*
*Tant sa taille faisait ressortir son bassin.*
*Sur ce teint fauve et brun, le fard était superbe !*

À la page 73, dans la pièce 30, intitulée *Le Léthé*, je vous signale cette strophe finale ;

*Je sucerai, pour noyer ma rancœur,*
*Le népenthès et la bonne ciguë*
*Aux bouts charmants de cette gorge aiguë*
*Qui n'a jamais emprisonné de cœur.*

Dans la pièce 39, *À celle qui est trop gaie*, à la page 92, que pensez-vous de ces trois strophes où l'amant dit à sa maîtresse :

*Ainsi je voudrais, une nuit,*
*Quand l'heure des voluptés sonne,*
*Vers les trésors de ta personne,*
*Comme un lâche, ramper sans bruit,*
*Pour châtier ta chair joyeuse,*
*Pour meurtrir ton sein pardonné,*
*Et faire à ton flanc étonné*
*Une blessure large et creuse,*
*Et, vertigineuse douceur !*
*À travers ces lèvres nouvelles,*
*Plus éclatantes et plus belles,*
*T'infuser mon venin, ma sœur !*

De la page 187 à la page 197, les deux pièces 80 et 81 intitulées : *Lesbos* et *Les Femmes damnées* sont à lire toutes entières. Vous y trouverez dans leurs détails les plus intimes mœurs des tribades.

À la page 203, la pièce 87, intitulée *Les Métamorphoses du vampire*, débute par ces vers :

*La femme cependant, de sa bouche de fraise,*
*En se tordant ainsi qu'un serpent sur la braise,*
*Et pétrissant ses seins sur le fer de son busc,*
*Laissait couler ces mots tout imprégnés de musc :*
*– « Moi, j'ai la lèvre humide, et je sais la science*
*De perdre au fond d'un lit l'antique conscience.*
*Je sèche tous les pleurs sur mes seins triomphants,*
*Et fais rire les vieux du rire des enfants.*
*Je remplace, pour qui me voit nue et sans voiles,*
*La lune, le soleil, le ciel et les étoiles !*
*Je suis, mon cher savant, si docte aux voluptés,*
*Lorsque j'étouffe un homme en mes bras redoutés,*
*Ou lorsque j'abandonne aux morsures mon buste,*

*Timide et libertine, et fragile et robuste,*
*Que sur ces matelas qui se pâment d'émoi,*
*Les anges impuissants se damneraient pour moi !* »

Sans doute, Baudelaire dira qu'à la strophe suivante il a fait la contrepartie en écrivant ces autres vers :
*Quand elle eut de mes os sucé toute la moelle,*
*Et que languissamment je me tournai vers elle*
*Pour lui rendre un baiser d'amour, je ne vis plus*
*Qu'une outre aux flancs gluants, toute pleine de pus !*

De bonne foi, croyez-vous qu'on puisse tout dire, tout peindre, tout mettre à nu, pourvu qu'on parle ensuite du dégoût né de la débauche et qu'on décrive les maladies qui la punissent ?

Messieurs, je crois avoir cité assez de passages pour affirmer qu'il y a eu offense à la morale publique. Ou le sens de la pudeur n'existe pas, ou la limite qu'elle impose a été audacieusement franchie.

La morale religieuse n'est pas plus respectée que la morale publique. Je signalerai sur ce second point : *Le Reniement de saint Pierre*, pièce 90, à la page 217 ; – *Abel et Caïn*, pièce 91, à la page 219 ; – *Les Litanies de Satan*, pièce 92, à la page 222 ; – *Le Vin de l'assassin*, pièce 95, à la page 235.

Prendre parti pour le reniement contre Jésus, pour Caïn contre Abel, invoquer Satan à l'encontre des saints, faire dire à l'assassin : « je m'en moque comme de Dieu, du Diable ou de la Sainte Table », n'est-ce pas accumuler des débauches de langage qui justifient l'ordonnance du juge d'instruction ?

Oui : il a dû renvoyer Baudelaire devant les juges correctionnels pour offense à cette grande morale chrétienne qui est en réalité la seule base solide de nos mœurs publiques.

Pour justifier ce renvoi, pour amener ce débat public entre la prévention et la défense, les présomptions suffisaient et les présomptions y étaient. Mais, après les explications contradictoires de l'audience, avez-vous la certitude nécessaire pour condamner sur le second chef ? Vous apprécierez si Baudelaire, cet esprit tourmenté, qui a voulu faire de l'étrange plutôt que du blasphème, a eu conscience de cette offense-là.

L'offense à la morale publique, voilà celle que je trouve invinciblement démontrée, et je tiens, sur ce point, à répondre à toutes les objections.

La première objection qu'on me fera sera celle-ci : Le livre est triste ; le nom seul dit que l'auteur a voulu dépeindre le mal et ses trompeuses caresses, pour s'en préserver. Ne s'appelle-t-il pas *Les Fleurs du mal* ? Dès lors, voyez-y un enseignement au lieu d'y voir une offense.

Un enseignement ! Ce mot-là est bientôt dit. Mais ici, il n'est pas la vérité. Croit-on que certaines fleurs au parfum vertigineux soient bonnes à respirer ? Le poison qu'elles apportent n'éloigne pas d'elles ; il monte à la tête, il grise les nerfs, il donne le trouble, le vertige, et il peut tuer aussi.

Je peins le mal avec ses enivrements, mais aussi avec ses misères et ses hontes, direz-vous ! Soit ; mais tous ces nombreux lecteurs pour lesquels vous écrivez, car vous tirez à plusieurs milliers d'exemplaires et vous vendez à bas prix, ces lecteurs multiples, de tout rang, de tout âge, de toute condition, prendront-ils l'antidote dont vous parlez avec tant de complaisance ? Même chez vos lecteurs instruits, chez vos hommes faits, croyez-vous qu'il y ait beaucoup de froids calculateurs pesant le pour et le contre, mettant le contrepoids à côté du poids, ayant la tête, l'imagination, les sens parfaitement équilibrés ! L'homme n'en veut pas convenir, il a trop d'orgueil pour cela. Mais la vérité, la voici : l'homme est toujours plus ou moins infirme, plus ou moins faible, plus ou moins malade, portant d'autant plus le poids de sa chute originelle, qu'il veut en douter ou la nier. Si telle est sa nature intime tant qu'elle n'est pas relevée par de mâles efforts et une forte discipline, qui ne sait combien il prendra facilement le goût des frivolités lascives, sans se préoccuper de l'enseignement que l'auteur veut y placer.

Pour tous ceux qui ne sont pas encore appauvris ni blasés, il y a toujours des impressions malsaines à recueillir dans de semblables tableaux. Quelles que soient les conséquences du désordre, si édifiés, que soient à cet égard certains lecteurs, ils rechercheront surtout dans les pages de ce livre : La femme nue, essayant des poses devant l'amant fasciné (pièce 20) ; – « La mégère libertine » qui verse trop de flammes et qu'on ne peut, comme le Styx, embrasser neuf fois (pièce 24, *Sed non satiata*) ; – La vierge folle, dont la jupe et la gorge aiguë aux bouts charmants versent *Le Léthé* (pièce 30) ; – La femme trop gaie, dont l'amant châtie la chair joyeuse, en lui ouvrant des lèvres nouvelles (pièce 39) ; – *Le Beau Navire*, où la femme est décrite avec la gorge triomphante, provocante, bouclier armé de pointes roses, tandis que les jambes, sous les volants qu'elles chassent, tourmentent les désirs et les agacent (pièce 48) ; – À une mendiante rousse, dont les nœuds mal attachés dévoilent le sein tout nouvelet, et dont les bras, pour la déshabiller, se font prier, en chassant les doigts lutins (pièce 65) ; – *Lesbos*, où les filles aux yeux doux, de leurs corps amoureuses, caressent les fruits mûrs de leur nubilité (pièce 80) ; – *Les Femmes damnées* ou *Les Tribades* (pièce 81 et 82) ; – *Les Métamorphoses*, ou la Femme Vampire, étouffant un homme en ses bras veloutés, abandonnant aux morsures son buste, sur les matelas qui se pâment d'émoi, au point que les anges impuissants se damneraient pour elle (pièce 87).

Dans ces pièces multiples où l'auteur s'évertue à forcer chaque situation comme s'il tenait la gageure de donner des sens à ceux qui ne sentent plus, messieurs, vous qui êtes juges, vous n'avez qu'à choisir. Le choix est facile, car l'offense est à peu près partout.

On me fait une seconde objection, en signalant dans le passé des livres tout aussi offensants pour la morale publique, et qui n'ont pas été poursuivis. Je réponds, qu'en droit, de semblables précédents ne lient pas le ministère public, qu'en fait, il y a des questions d'opportunité qui expliquent souvent l'abstention et qui la justifient. Ainsi, on ne poursuivra pas un livre immoral qui n'aura aucune chance d'être lu ou d'être compris : le déférer à la justice, ce serait l'indiquer au public, et lui assurer peut-être un succès d'un jour qu'il n'aurait point eu sans cela.

Mais cette réserve du ministère public ne pourra être, le lendemain, retournée contre lui. Autrement, son action ne serait plus libre. Si l'immoralité des productions s'accentue, il faut qu'il puisse toujours punir le vice, sans qu'on ait à lui reprocher de n'avoir pas antérieurement poursuivi. Sans cela le résultat final serait l'impunité absolue, à quelque degré qu'on fût descendu.

Messieurs, j'ai répondu aux objections, et je vous dis : Réagissez, par un jugement, contre ces tendances croissantes, mais certaines, contre cette fièvre malsaine qui porte à tout peindre, à tout décrire, à tout dire, comme si le délit d'offense à la morale publique était abrogé, et comme si cette morale n'existait pas.

Le paganisme avait des hontes que nous retrouvons traduites dans les ruines des villes détruites, Pompéi et Herculanum. Mais au temple, sur la place publique, ses statues ont une nudité chaste. Ses artistes ont le culte de la beauté plastique ; ils rendent les formes harmonieuses du corps humain, et ne nous le montrent pas avili ou palpitant sous l'étreinte de la débauche. Ils avaient le respect de la vie sociale.

Dans notre société imprégnée de christianisme, ayons au moins ce même respect.

J'ajoute que le livre n'est pas une feuille légère qui se perd et s'oublie comme le journal. Quand le livre apparaît, c'est pour rester ; il demeure dans nos bibliothèques, à nos foyers, comme une sorte de tableau. S'il a ces peintures obscènes qui corrompent ceux qui ne savent encore rien de la vie, s'il excite les curiosités mauvaises et s'il est aussi le piment des sens blasés, il devient un danger toujours permanent, bien autrement que cette feuille quotidienne qu'on parcourt le matin, qu'on oublie le soir, et qu'on collectionne rarement.

Je sais bien qu'on ne sollicitera l'acquittement qu'en vous disant de blâmer le livre dans quelques considérants bien sentis. Vous n'aurez pas, messieurs, ces imprévoyantes condescendances. Vous n'oublierez pas que le public ne voit que le résultat final. S'il y a acquittement, le public croit le livre absolument amnistié ; il oublie vite les *attendus*, et s'il se les rappelait, il les réputerait démentis par le dernier mot de la sentence. Le juge n'aurait mis personne en garde contre l'œuvre, et il encourrait un reproche qu'il était loin de prévoir, et qu'il ne croyait pas mériter, celui de s'être contredit.

Soyez indulgent pour Baudelaire, qui est une nature inquiète et sans équilibre. Soyez-le pour les imprimeurs, qui se mettent à couvert derrière l'auteur. Mais donnez, en condamnant au moins certaines pièces du livre, un avertissement devenu nécessaire.

# *Charles Baudelaire : notes et documents pour mon avocat (1857)*

Le livre doit être jugé *dans son ensemble,* et alors il en ressort une terrible moralité.

Donc je n'ai pas à me louer de cette singulière indulgence qui n'incrimine que 13 morceaux sur 100. Cette indulgence m'est très funeste.

C'est en pensant à ce *parfait ensemble* de mon livre que je disais à M. le Juge d'Instruction :

*Mon unique tort a été de compter sur l'intelligence universelle, et de ne pas faire une préface où j'aurais posé mes principes littéraires et dégagé la question si importante de la Morale.*

(Voir, à propos de la Morale dans les œuvres d'Art, les remarquables lettres de M. Honoré de Balzac à M. Hippolyte Castille, dans le journal *La Semaine*.)

---

Le volume est, relativement à l'abaissement général des prix en librairie, d'un prix élevé. C'est déjà une garantie importante. Je ne m'adresse donc pas à la foule.

---

Il y a prescription pour deux des morceaux incriminés : *Lesbos* et *Le Reniement de Saint Pierre*, parus depuis longtemps et non poursuivis.

Mais je prétends, au cas même où on me contraindrait

à me reconnaître quelques torts, qu'il y a une sorte de prescription générale. Je pourrais faire une bibliothèque de livres modernes non poursuivis, et *qui ne respirent pas, comme le mien,* L'HORREUR DU MAL. Depuis près de 30 ans, la littérature est d'une liberté qu'on veut brusquement punir en moi. Est-ce juste ?

---

Il y a plusieurs morales. Il y a la morale positive et pratique à laquelle tout le monde doit obéir.

Mais il y a la morale des arts. Celle-là est tout autre. Et depuis le Commencement du monde, les Arts l'ont bien prouvé.

---

Il y a aussi plusieurs sortes de *Liberté*. Il y a la Liberté pour le Génie, et il y a une liberté très restreinte pour les polissons.

---

M. Charles Baudelaire n'aurait-il pas le droit d'arguer des licences permises à Béranger (*Œuvres complètes autorisées*) ? Tel sujet reproché à Ch. Baudelaire a été traité par Béranger. Lequel préférez-vous ? le poète triste ou le poète gai et effronté, l'horreur dans le mal ou la folâtrerie, le remords ou l'impudence ?

*(Il ne serait peut-être pas sain d'user outre mesure de cet argument.)*

---

Je répète qu'un Livre doit être jugé dans son ensemble. À un blasphème, j'opposerai des élancements vers le Ciel, à une obscénité des fleurs platoniques.

Depuis le commencement de la poésie, tous les volumes de poésie sont ainsi faits. Mais il était impossible de faire autrement un livre destiné à représenter L'AGITATION DE L'ESPRIT DANS LE MAL.

---

M. le Ministre de l'Intérieur, furieux d'avoir lu un éloge fastueux de mon livre dans *Le Moniteur*, a pris ses précautions pour que cette mésaventure ne se reproduisît pas.

M. d'Aurevilly (*un écrivain absolument catholique, autoritaire et non suspect*) portait au *Pays*, auquel il est attaché, un article sur les FLEURS DU MAL ; et il lui a été dit qu'une consigne récente défendait de parler de M. Charles Baudelaire dans *Le Pays*.

Or, il y a quelques jours, j'exprimais à M. le Juge d'Instruction la crainte que le bruit de la saisie ne glaçât la bonne volonté des personnes qui trouveraient quelque chose de louable dans mon livre. Et M. le Juge (Charles Camusat, Busserolles) me répondit : *Monsieur, tout le monde a parfaitement* LE DROIT *de vous défendre dans* TOUS *les journaux, sans exception*.

MM. les Directeurs de la *Revue française* n'ont pas osé publier l'article de M. Charles Asselineau, le plus sage et le plus modéré des écrivains. Ces messieurs se sont renseignés au *Ministère de l'intérieur* (!), et il leur a été répondu qu'il y aurait pour eux danger à publier cet article.

*Ainsi, abus de pouvoir et entraves apportées à la défense !*

---

Le nouveau règne napoléonien, après les illustrations de la guerre, doit rechercher les illustrations des lettres et des arts.

Qu'est-ce que c'est que cette morale prude, bégueule, taquine, et qui ne tend à rien moins [*sic*] qu'à créer des conspirateurs même dans l'ordre si tranquille des rêveurs ?

Cette morale-là irait jusqu'à dire : DÉSORMAIS ON NE FERA QUE DES LIVRES CONSOLANTS ET SERVANTS À DÉMONTRER QUE L'HOMME EST NÉ BON, ET QUE TOUS LES HOMMES SONT HEUREUX – abominable hypocrisie !

(Voir le résumé de mon interrogatoire, et la liste des morceaux incriminés.)

# *La défense : plaidoirie de M<sup>e</sup> Gustave Chaix d'Est-Ange*

Charles Baudelaire n'est pas seulement le grand artiste et le poète profond et passionné au talent duquel l'honorable organe du ministère public a tenu à rendre un hommage public.

Il est plus : il est un honnête homme, et c'est pour cela qu'il est un artiste convaincu... Son œuvre, il l'a longuement méditée... elle est le fruit de plus de huit années de travail ; il l'a portée, il l'a mûrie dans son cerveau, avec amour, comme la femme porte dans ses entrailles l'enfant de sa tendresse...

Et maintenant, vous comprendrez la désolation véritable et la douleur profonde de ce créateur sincère et convaincu qui, lui aussi, aurait pu mettre en tête de son œuvre : « C'est icy un livre de bonne foy », et qui la voit méconnue et traduite à votre barre comme contraire à la morale publique et à la morale religieuse.

Est-ce que, sérieusement, ses intentions peuvent être douteuses ; est-ce que vous pouvez hésiter un instant sur le but qu'il a poursuivi et sur la fin qu'il s'est proposée ? Vous l'avez entendu lui-même il n'y a qu'un moment, dans les explications si loyales qu'il vous a données, et vous avez été frappés sans doute et émus de ces protestations d'un honnête homme.

Il a voulu tout peindre, vous a dit le ministère public ; il a voulu tout mettre à nu ; il a fouillé la nature humaine dans ses replis les plus intimes, avec des tons vigoureux et saisissants, il l'a exagérée dans ses côtés hideux, en les grossissant outre mesure… Prenez garde en parlant ainsi, dirai-je à M. le substitut ; êtes-vous sûr vous-même, de ne pas exagérer quelque peu le style et la manière de Baudelaire, de ne pas forcer la note et de ne pas pousser au noir ? Mais enfin soit ; c'est là sa méthode et c'est là son procédé ; où est la faute, je vous prie, au point de vue même de l'accusation, où est la faute et surtout où peut être le délit, si c'est pour le flétrir qu'il exagère le mal, s'il peint le vice avec des tons vigoureux et saisissants, parce qu'il veut vous en inspirer une haine plus profonde et si le pinceau du poète vous fait de tout ce qui est odieux une peinture horrible, précisément pour vous en donner l'horreur ?…

On vous a dit et avec raison, messieurs, que le juge n'est point un critique littéraire, qu'il n'a pas à prononcer sur les modes opposés de comprendre et de rendre l'art, qu'il n'a pas à décider entre les écoles de style ; c'est pour cela que, dans les affaires de cette nature, ce n'est pas la forme qu'il faut interroger, mais le fond ; et l'on risquerait fort de se tromper et de ne pas faire bonne et équitable justice si l'on se laissait entraîner par quelques expressions, exagérées et violentes, parsemées çà et là sans aller au fond des choses, sans rechercher les intentions sincères, sans se rendre un compte bien exact de l'esprit qui anime le livre.

À cet égard vous avez, je vous l'ai dit, les déclarations et les protestations de l'homme, qu'il faut rapprocher de son honorabilité parfaite ; et puisqu'il s'agit de ses intentions, vous avez encore autre chose, c'est le livre lui-même.

Et d'abord le poète vous prévient par son titre, qui est là comme en vedette pour annoncer la nature et le genre de l'œuvre ; c'est le mal qu'il va vous montrer, là, les lieux malsains, fruits des végétaux vénéneux, son titre vous le dit – comme ce titre de *L'Enfer* lorsqu'il s'agit de l'œuvre du Dante –, comme il va vous montrer tout cela, pour le flétrir pour vous en donner l'horreur, pour vous en inspirer la haine et le dégoût.

Après le titre, je lis l'épigraphe ; là est toute la pensée de l'auteur, là est tout l'esprit du livre, c'est un second titre pour ainsi dire, plus explicite que le premier et qui l'explique, le commente et le développe :

*On dit qu'il faut couler les exécrables choses*
*Dans le puits de l'oubli et au sépulcre encloses,*
*Et que par les esprits le mal ressuscité*
*Infectera les mœurs de la postérité ;*
*Mais le vice n'a point pour mère la science,*
*Et la vertu n'est pas fille de l'ignorance.*
Théodore Agrippa d'Aubigné : *Les Tragiques*, livre II.

La pensée intime de l'auteur, vous la trouverez, encore plus nettement marquée, dès les premiers vers ; il les adresse au lecteur comme un avertissement, et voici ce qu'il lui dit :

*La sottise, l'erreur, le péché, la lésine*
*Occupent nos esprits et travaillent nos corps,*
*Et nous alimentons nos aimables remords,*
*Comme les mendiants nourrissent leur vermine.*
*Nos péchés sont têtus, nos repentirs sont lâches ;*
*Nous nous faisons payer grassement nos aveux,*
*Et nous rentrons gaîment dans le chemin bourbeux,*
*Croyant par de vils pleurs laver toutes nos taches.*
[...]
*C'est le Diable qui tient les fils qui nous remuent !*
*Aux objets répugnants nous trouvons des appas ;*
*Chaque jour vers l'Enfer nous descendons d'un pas,*
*Sans horreur, à travers des ténèbres qui puent.*

Transformez cela en prose, messieurs, supprimez la rime et la césure, recherchez ce qu'il y a au fond de ce langage puissant et imagé, quelles intentions s'y cachent ; et dites-moi si nous n'avons jamais entendu tomber ce même langage du haut de la chaire chrétienne, et des lèvres de quelque prédicateur ardent ; dites-moi si nous ne trouverions pas les mêmes pensées, et quelquefois peut-être les mêmes expressions dans les homélies de quelque rude et sévère père de l'Église ?

Voilà donc son programme, si je puis me servir de ce mot ; c'est la guerre déclarée aux vices et aux bassesses de l'humanité, et comme une malédiction lancée à toutes les hontes qui *Occupent nos esprits et travaillent nos corps*.

Il s'indigne parce que *Nos péchés sont têtus, nos repentirs sont lâches*, et c'est véritablement le langage même d'un moraliste qu'il tient, dans cette première page où il entre en communication avec le lecteur pour stigmatiser si rudement *La sottise, l'erreur, le péché, la lésine...*

Voilà tout ce qu'il veut poursuivre, tout ce qu'il veut châtier dans des vers vengeurs et, certes, ce n'est pas pour de pareils sentiments que vous le condamneriez.

Serait-ce donc pour la méthode employée, pour le procédé auquel il a recours, pour ce que j'appellerai sa manière ? peindre le vice, mais le peindre sous des couleurs violentes – je dirai, si vous le voulez, sous des couleurs exagérées – pour mieux faire ressortir ce qu'il renferme d'odieux et de repoussant, voilà le procédé.

Certes, il est vieux comme le monde, et sans doute Baudelaire n'a pas le mérite de l'invention ; il est de tous les temps et de toutes les littératures ; tous les grands écrivains, tous les poètes, tous les prosateurs, tous les moralistes l'ont employé, tous les orateurs profanes et tous les orateurs sacrés s'en sont servis ; ce procédé, ce n'est pas autre chose que l'ilote ivre montré en spectacle à la jeunesse spartiate pour lui inspirer l'horreur de l'ivresse.



Au théâtre, voyons-nous autre chose ? Est-ce que vous

connaissez une seule pièce dans laquelle on ne vous montre pas l'homme malhonnête qu'on vous peint sous les couleurs les plus noires, dont on vous inspire la haine, le traître en un mot que la Providence ne manque pas de frapper à la fin ; il est vrai que pour mieux faire ressortir son indignité et augmenter l'aversion du spectateur, on ne manque guère de lui opposer l'honnête homme, l'homme vertueux qui triomphe ; c'est ce qu'on appelle le vice puni et la vertu récompensée : Qu'est donc ce procédé, messieurs, si ce n'est pas celui de Baudelaire ; et s'il est ainsi employé constamment et partout et par tous, c'est qu'on n'a pas encore trouvé un meilleur moyen de corriger les hommes…

Un écrivain qui s'y connaissait bien un peu, sans doute, et dont l'autorité vaut bien quelque chose – Molière –, n'a-t-il pas écrit dans sa Préface du *Tartuffe* : *Les plus beaux traits d'une sérieuse morale sont moins puissants, le plus souvent, que ceux de la satire ; et rien ne reprend mieux la plupart des hommes que la peinture de leurs défauts*.

J'ai parlé de Molière et du *Tartuffe* : Ai-je besoin de rappeler ici le sort qui attendait ce chef-d'œuvre à son apparition, la cabale des faux dévots, la lutte terrible qu'il fallut subir pour arriver à la représentation et la volonté même, la volonté la plus expresse du Grand Roi nécessaire pour que la pièce pût être donnée ; « *Monsieur le premier Président ne veut pas qu'on le joue* », avait dit l'immortel auteur…

Aujourd'hui, nous ne comprenons plus ces obstacles, nous nous étonnons de cette résistance ; nous savons bien *Qu'il est de faux dévots ainsi que de faux braves*, et que, sous peine de prendre la fausse monnaie à l'égal de la bonne, il faut distinguer entre l'hypocrisie et la dévotion ; nous applaudissons tous aux traits sanglants dont le caractère odieux d'un Tartuffe est flagellé en d'admirables vers…

Et c'est Molière encore qui ajoute dans sa préface: *Peut-on craindre que des choses si généralement détestées fassent quelque impression dans les esprits, que je les rende dangereuses en les faisant monter sur le théâtre; qu'elles reçoivent quelque autorité de la bouche d'un scélérat? il n'y a nulle apparence à cela, et l'on doit approuver la comédie du Tartuffe, ou condamner toutes les comédies…*

Tout cela, messieurs, est-ce un lieu commun? Est-ce de ma part quelque hors-d'œuvre inutile puisque nous sommes tous aujourd'hui de l'avis de Molière?…

Mais alors, pourquoi poursuivez-vous Baudelaire? C'est le même procédé qu'il emploie; il vous montre le vice, mais il vous le montre odieux; il vous le peint sous des couleurs repoussantes, parce qu'il le déteste et veut le rendre détestable, parce qu'il le hait et veut le rendre haïssable, parce qu'il le méprise et veut que vous le méprisiez.

Et puisque nous examinons ici la question du procédé littéraire, voulez-vous me permettre de vous citer quelques lignes de Balzac, écrites par lui dans une lettre, et d'autant plus intéressantes que cette lettre n'a pas été imprimée dans ses œuvres:

« *Moraliser son époque est le but que tout écrivain doit se proposer, sous peine de n'être qu'un* amuseur de gens; *mais la critique a-t-elle des procédés nouveaux à indiquer aux écrivains qu'elle accuse d'immoralité? Or, le procédé ancien a toujours consisté à montrer la plaie. Lovelace est la plaie dans l'œuvre colossale de Richardson. Voyez Dante:* Le Paradis *est, comme poésie, comme art, comme suavité, comme exécution bien supérieur à* L'Enfer. Le Paradis *ne se lit guère, c'est* L'Enfer *qui a saisi les imaginations à toutes les époques. Quelle leçon! N'est-ce pas terrible?… Que répondra le critique? Enfin le doux et saint Fénelon n'a-t-il pas été contraint d'inventer les épisodes dangereux de* Télémaque*? Ôtez-les; Fénelon devient Berquin, plus* *le style ; qui relit Berquin ? Il faut la candeur de nos douze ans pour le supporter.*

*Les grandes œuvres subsistent par leurs côtés passionnés. Or, la passion, c'est l'excès, c'est le mal. L'écrivain a noblement rempli sa tâche, lorsqu'en prenant cet élément essentiel à toute œuvre littéraire, il l'accompagne d'une grande leçon. À mon sens une œuvre profondément immorale est celle où l'on attaquerait les bases de la Société par parti pris, où l'on justifierait le mal, où l'on saperait la propriété, la religion, la justice… Supposez un homme de génie accomplissant le tour de force impossible d'un drame rempli d'honnêtes gens. Cette pièce n'aurait pas deux représentations…* »

Tout cela est vrai, messieurs : non, l'affirmation du mal n'est pas la criminelle approbation ; les poètes satiriques, les dramaturges, les historiens n'ont jamais été accusés de tresser des couronnes pour les forfaits qu'ils racontent, qu'ils produisent sur la scène ; Baudelaire, qui les a cueillies et recueillies, n'a pas dit que ces Fleurs du mal étaient belles, qu'elles sentaient bon, qu'il fallait en orner son front, en emplir ses mains, et que c'était là la sagesse : au contraire, en les nommant, il les a flétries. Il n'a rien dit en faveur des vices qu'il a moulés si énergiquement dans ses vers ; on ne l'accusera pas de les avoir rendus aimables ; ils y sont hideux, nus, tremblants, à moitié dévorés par eux-mêmes, comme on le conçoit dans l'enfer ; et, pour m'appuyer ici sur l'autorité d'un critique éminent qui est un de nos grands écrivains, j'ajouterai avec M. Barbey d'Aurevilly :

« *Le poète, terrible et terrifié, a voulu nous faire respirer l'abomination de cette épouvantable corbeille qu'il porte sur sa tête hérissée d'horreur. C'est là réellement un grand spectacle ! Depuis le coupable cousu dans un sac, qui déferlait sous les ponts humides et noirs du Moyen Âge, en criant qu'il fallait laisser passer une justice, on n'a rien vu de plus tragique que la tristesse de cette poésie coupable qui porte le faix de ses vices sur son front livide. Laissons-la donc passer aussi ! On peut la prendre pour une justice – la justice de Dieu !* »

Et sur les intentions du poète, et sur le procédé littéraire, voilà ce que j'avais à dire.

Il me reste à rechercher maintenant s'il a dépassé les limites permises, et si, dans cette œuvre impétueuse et puissante, la morale religieuse et la morale publique sont outragées, comme le prétend le ministère public, outragées, vous entendez, Messieurs, et vous savez toute la portée de ce mot ; la loi, comme on l'a dit, n'est pas une loi d'intolérance ; elle n'a pas eu pour objet d'armer contre tous les auteurs tous les mécontentements possibles d'un rigoureux casuiste, toutes les susceptibilités d'un esprit trop facile à effaroucher ; on n'a pas voulu frapper par des dispositions pénales tout ce qui pourrait faire murmurer une prude ou colorer les joues d'une Agnès.

*Et d'abord j'en préviens les mères de famille*
*Ce que j'écris n'est pas pour les petites filles*
*Dont on coupe le pain en tartines*

a dit l'auteur d'*Albertus*.

Le mot *outrage* a été substitué dans la loi au mot *atteinte* que portait le projet ; on a compris que le mot *atteinte* avait un sens trop étendu ; il ne suffit donc pas, pour justifier la poursuite, que vous rencontriez dans une œuvre incriminée des passages que réprouve la rigueur d'une sévérité ombrageuse et d'une pruderie trop facilement inquiétée ; ce qu'il faut, pour condamner, c'est le cynisme grossier, c'est une dualité calculée et volontairement dangereuse ; en un mot, et pour rentrer dans la définition légale, il faudra que la licence ait été violemment exagérée et qu'elle ait pris le caractère d'un *outrage*.

Un autre point qu'il importe de ne pas oublier et sur lequel j'appelle votre attention, c'est que l'œuvre de Baudelaire n'est pas une réunion de pièces isolées, indépendantes les unes des autres, sans lien et sans suite et sans ordre entre elles ; à cet égard, permettez-moi de recourir encore à l'autorité littéraire de M. Barbey d'Aurevilly.

« *Nous ne pouvons, dit-il, nous ne voulons rien citer du recueil de poésies en question, et voici pourquoi : une pièce n'aurait que sa valeur individuelle, et, il ne faut pas s'y méprendre, dans le livre de M. Baudelaire, chaque poésie a, de plus que la réussite des détails ou de la fortune de la pensée,* une valeur très importante d'ensemble et de situation, *qu'il ne faut pas lui faire perdre, en la détachant…* Les Fleurs du mal *ne sont pas à la suite les unes des autres comme tant de morceaux lyriques dispersés par l'inspiration, et ramassés dans un recueil sans autre raison que de les réunir. Elles sont moins des poésies qu'une œuvre poétique* de la plus forte unité. *Au point de vue de l'art et de la sensation esthétique, elles perdraient beaucoup à n'être pas lues dans l'ordre où le poète, qui sait bien ce qu'il fait, les a rangées. Mais elles perdraient bien davantage au point de vue de l'effet moral que nous avons signalé au commencement de cet article…* »

Eh bien, qu'a fait le ministère public ? De cet ensemble dans lequel tout se tient, il a détaché quelques morceaux, puis, dans chacun de ces morceaux, il a pris quelques lignes, quelques phrases, ou même quelques lambeaux de phrases, il les a rapprochés, réunis, groupés dans une habile et dangereuse énumération ; de façon que vous n'apercevez que ce qui est mauvais, et cela avec une continuité qui vous frappe, qui vous saisit, qui vous révolte ; vous n'avez que le poison sans le remède, vous n'avez que des extraits âcres, violents, concentrés, isolés de tout ce qui devait les atténuer et les adoucir… Est-ce juste, messieurs ? est-ce là un procédé acceptable, ou tout au moins qui soit de nature à vous donner le point de vue véritable et exact auquel l'œuvre de l'écrivain doit être considérée ?

Ainsi, alors qu'il s'agit de l'outrage à la morale religieuse, on vous signale trois pièces : *Le Reniement de saint Pierre ; – Abel et Caïn ; – Le Vin de l'assassin.* – Et après qu'on a relevé dans chacune de ces pièces les passages les plus saillants, on se croit autorisé à dire devant vous qu'il n'est pas permis de prendre parti pour le reniement de saint Pierre contre Jésus, pour Caïn contre Abel, pour Satan contre les saints ; et l'on serait tenté de croire, sur la parole du ministère public, que les sentiments du poète et l'esprit qui l'anime se traduisent par ces mots qu'on vous a cités.

*Je m'en moque comme de Dieu,*
*Du Diable ou de la Sainte Table !*

Mais ouvrez le livre ; vous verrez que ces trois pièces poursuivies, aussi bien que celles qui suivent, se trouvent placées sous une rubrique spéciale : *Révolte.* Vous verrez que le poète a pris soin de déclarer lui-même que les sentiments qu'il exprime ne sont pas les siens, et que les plaintes, les malédictions, les blasphèmes même que contiennent ses vers, il les répudie et les condamne ; on ne doit les considérer, dit-il dans les quelques lignes d'avertissement qui précèdent ces pièces, *que comme un pastiche des raisonnements de l'ignorance et de la fureur ; fidèle à son douloureux programme, l'auteur des* Fleurs du mal *a dû, en parfait comédien, façonner son esprit à tous les sophismes et à toutes les corruptions...*

Non, ce ne sont pas là les sentiments de Baudelaire ; et certes, je ne puis mieux le prouver qu'en vous lisant l'hymne extraordinaire dans lequel, parlant cette fois son propre langage, ouvrant son âme à ses propres pensées, il s'abandonne en un cantique d'amour et de bénédiction :

*Vers le ciel où son œil voit un trône splendide*
*Le poète serein lève ses bras pieux,*
*Et les vastes éclairs de son esprit lucide*

*Lui dérobent l'aspect des peuples furieux.*
*Soyez béni, mon Dieu, qui donnez la souffrance*
*Comme un divin remède à nos impuretés,*
*Et comme la meilleure et la plus pure essence*
*Qui prépare les forts aux saintes voluptés !*
[...]

Comprenez-vous, messieurs, le danger de juger une œuvre entière, une œuvre d'ensemble, sur quelques pièces isolées, sur quelques vers détachés, sur quelques expressions prises çà et là et habilement rapprochées ; quel est le poète et quelle est l'œuvre qui pourraient résister à un examen fait de cette sorte ? pour moi, je n'en connais pas, et vous me permettrez d'en prendre un exemple illustre : je ne pense pas que les *Harmonies poétiques* aient jamais été suspectes ; je ne pense pas qu'on les ait jamais accusées de contenir un outrage à la morale religieuse... et cependant, écoutez :
*Lorsque du Créateur la parole féconde,*
*Dans une heure fatale, eut enfanté le monde*
*Des germes du chaos,*
*De son œuvre imparfaite il détourna sa face,*
*Et d'un pied dédaigneux le lançant dans l'espace,*
*Rentra dans son repos.*
[...]

*Levez donc vos regards vers les célestes plaines,*
*Cherchez Dieu dans son œuvre, invoquez dans vos peines*
*Ce grand consolateur,*
*Malheureux ! sa bonté de son œuvre est absente,*
*vous cherchez votre appui ? l'univers vous présente*
*Votre persécuteur*

[...]

*Eh quoi! tant de tourments, de forfaits, de supplices,*
*N'ont-ils pas fait fumer d'assez de sacrifices*
*Tes lugubres autels?*
*Ce soleil, vieux témoin des malheurs de la terre,*
*Ne fera-t-il pas naître un seul jour qui n'éclaire*
*L'angoisse des mortels?*

*Héritiers des douleurs, victimes de la vie,*
*Non, non, n'espérez pas que sa rage assouvie*
*Endorme le Malheur!*
*Jusqu'à ce que la Mort, ouvrant son aile immense,*
*Engloutisse à jamais dans l'éternel silence*
*L'éternelle douleur!*

Que cela est beau, messieurs, et quels admirables vers! Je ne crois pas que la poésie puisse s'élever plus haut et planer avec plus de puissance en un vol plus majestueux; mais demandez donc à la morale religieuse ce qu'elle pense de ce cri de révolte? Ce n'est pas *Désespoir* qu'il fallait nommer cette pièce; c'est *Imprécation*, c'est *Blasphème*, c'est *Malédiction*... Qui donc a jamais pensé cependant à juger du poète et de ses sentiments religieux sur les vers que je viens de lire; qui donc a songé l'accuser, qui donc aurait osé poursuivre Lamartine pour outrage à la morale religieuse?

Messieurs, je n'insisterai pas davantage sur ce point; aussi bien le ministère public lui-même, sans abandonner l'accusation en ce qui touche la morale religieuse, ne paraît pas la réclamer avec insistance; mais il n'en est pas de même quand il s'agit de la morale publique; il lui faut une condamnation, il veut bien qu'on la prononce légère, il vous convie à l'indulgence, mais il tient absolument à ce que nous soyons condamnés, parce qu'il faut, dit-il, un avertissement.

Eh bien, je vous demande s'il est juste, parce qu'un avertissement paraît nécessaire au ministère public, que cet avertissement tombe sur la tête de Baudelaire ? Vous êtes seuls juges, dites-vous, de l'opportunité de la poursuite : il y aurait bien des choses à répondre à une pareille théorie, et l'opportunité en matière de poursuites correctionnelles me paraît tout au moins une thèse peu juridique ; mais en tout cas, et vous êtes, vous, ministère public, juge de l'opportunité, encore une fois, pourquoi choisissez-vous Baudelaire ; pourquoi sont-ce *Les Fleurs du mal* que vous voulez frapper, alors qu'assurément et le poète et ses filles n'ont mérité *Ni cet excès d'honneur ni cette indignité.*

Certes, je ne demande de poursuite contre personne, et l'on ne peut supposer que ce soit là ma pensée ; l'interpréter ainsi, ce serait la dénaturer ; ce que je veux dire, c'est qu'il ne peut y avoir deux poids et deux mesures, la morale publique est une, et quand elle n'est pas outragée par tant d'œuvres qui remplissent nos bibliothèques, qui s'impriment et se réimpriment sans cesse et sous vos yeux, par tant d'autres qui naissent chaque jour, soit en vers, soit en prose, comment la morale publique serait-elle outragée par les quelques morceaux que le ministère public vous demande de condamner dans l'œuvre de Baudelaire ?

Ces pièces, vous les connaissez et je ne puis les relire ici ; laissez-moi vous dire en passant que, dans le nombre, il y en a d'admirables, *Lesbos* et *Les Femmes Damnées* qu'il est impossible de ne pas louer sans réserve.

*Mère des jeux latins et des voluptés grecques,*
*Lesbos, où les baisers, languissants ou joyeux,*
*Chauds comme les soleils, frais comme les pastèques,*
*Font l'ornement des nuits et des jours glorieux ;*
*Mère des jeux latins et des voluptés grecques.*

Quant aux *Femmes damnées...* que Monsieur le substitut a appelées les deux tribades !!! ce qui est vif comme langage… et certes nous n'aurions jamais osé nous permettre de pareils mots devant le tribunal, quant aux *Femmes damnées*, car je demande la permission de préférer l'expression de mon client à celle du ministère public –, écoutez ces strophes :

*À la pâle clarté des lampes languissantes,*
*Sur de profonds coussins tout imprégnés d'odeur,*
*Hippolyte rêvait aux caresses puissantes*
*Qui levaient le rideau de sa jeune candeur.*

*Elle cherchait, d'un œil troublé par la tempête,*
*De sa naïveté le ciel déjà lointain,*
*Ainsi qu'un voyageur qui retourne la tête*
*Vers les horizons bleus dépassés le matin.*

*De ses yeux amortis les paresseuses larmes,*
*L'air brisé, la stupeur, la morne volupté,*
*Ses bras vaincus, jetés comme de vaines armes,*
*Tout servait, tout parait sa fragile beauté.*

Puis, fidèle au rôle qu'il s'est tracé, le poète, après avoir montré le vice, le flagelle en des vers vengeurs, et quels vers ! Écoutez, Messieurs :

*– Descendez, descendez, lamentables victimes,*
*Descendez le chemin de l'enfer éternel !*
*Plongez au plus profond du gouffre, où tous les crimes,*
*Flagellés par un vent qui ne vient pas du ciel,*

*Bouillonnent pêle-mêle avec un bruit d'orage.*
*Ombres folles, courez au but de vos désirs ;*
*Jamais vous ne pourrez assouvir votre rage,*
*Et votre châtiment naîtra de vos plaisirs.*

*Loin des peuples vivants, errantes, condamnées,*
*À travers les déserts courez comme les loups ;*
*Faites votre destin, âmes désordonnées,*
*Et fuyez l'infini que vous portez en vous !*

Je n'ai pas résisté au plaisir de vous citer ces beaux vers, mais vous, messieurs, dans la chambre du conseil, vous relirez toutes les pièces poursuivies et vous vous demanderez si c'est bien là ce qui constitue l'outrage à la morale publique ; vous vous le demanderez, en comparant l'œuvre de Baudelaire et les quelques vers que peuvent contenir quelques pièces, en les comparant, dis-je, à ce que vous lisez tous les jours dans notre littérature moderne, et je parle ici des auteurs les plus illustres, les plus aimés, les plus populaires, à ceux que personne n'a jamais pensé à incriminer au point de vue de l'outrage à la morale publique ; et pourtant jamais Baudelaire n'est allé si loin qu'eux...

Vous trouverez dans mon dossier toute une série, et je vous assure qu'elle est nombreuse, de pièces détachées que j'ai recueillies dans notre littérature moderne, cela fait une assez jolie collection.

[...]

Vous nous reprochez la pièce qui s'appelle *Les Bijoux,* pourquoi, je vous prie ? Est-ce donc parce que *La très chère était nue, et, connaissant mon cœur,*
*Elle n'avait gardé que ses bijoux sonores ?......*

Sur cette nudité qui vous choque et que vous voulez élever à la hauteur d'un outrage à la morale publique... – comme si l'on pouvait supprimer le nu dans l'art et l'interdire à la poésie plus qu'à la peinture ou à la statuaire – c'est encore avec Musset que je vais vous répondre :
*Le sofa sur lequel Hassan était couché*
*Était dans son espèce une admirable chose.*

*Il était de peau d'ours, – mais d'un ours bien léché,*
*Moelleux comme une chatte, et frais comme une rose ;*
*Hassan avait d'ailleurs une très noble pose,*
*Il était nu comme Ève à son premier péché.*
*Quoi ! tout nu ! dira-t-on – n'avait-il pas de honte ?*
*Nu ! dès le second mot ! – Que sera-ce à la fin ?*
*Monsieur, excusez-moi ; – je commence ce conte*
*Juste quand mon héros vient de sortir du bain.*
[...]

Que de beaux vers de Musset je pourrais vous citer surtout dans *Rolla,* ou dans *Portia*... et qu'il faudrait supprimer, si c'était là de l'outrage à la morale publique...

Mais que dire aussi du poète populaire, de Béranger, dont Perrotin a publié il y a peu de temps une nouvelle et si magnifique édition ? faudra-t-il aussi expurger Béranger, faudra-t-il retrancher tant de pièces charmantes ? [...]

Et Gautier, cet admirable ciseleur de style et ce peintre merveilleux !... Laissez-moi vous en parler ; laissez-moi vous parler de ce chef-d'œuvre de style qui s'appelle *Mademoiselle de Maupin* : c'est peut-être le roman le plus osé, si cela peut s'appeler un roman, qui ait été publié depuis longtemps... à quelle page l'ouvrirai-je ? je n'ai que l'embarras du choix...

*(La scène représente le lit de Rosette ; un rayon de soleil plonge à travers les rideaux : il est dix heures... la chemise de Rosette a un tour de gorge de malines toutes déchirée ; la nuit a été orageuse ; ses cheveux s'échappent confusément de son petit bonnet ; elle est aussi jolie que peut l'être une femme que l'on n'aime point et avec qui l'on est couché.)*

Une querelle s'engage entre les deux amants, et voici comment le dialogue se termine :

– Rosette. *Laissez-moi !*

– Moi. *Pardieu non !*

– Rosette (se débattant). *Oh ! vous me lâcherez !*

– Moi. *J'ose, madame, vous assurer le contraire.*

– Rosette (voyant qu'elle n'est pas la plus forte). *Eh bien, je reste, vous me serrez le bras d'une force !... Que voulez-vous de moi ?*

– Moi. *Je pense que vous le savez. – Je ne me permettrais pas de dire ce que je me permets de faire ; je respecte trop la décence.*

– Rosette (déjà dans l'impossibilité de se défendre). *À condition que tu m'aimeras beaucoup... je me rends.*

– Moi. *Il est un peu tard pour capituler, lorsque l'ennemi est déjà dans la place.*

– Rosette (me jetant les bras autour du cou, à moitié pâmée). *Sans condition... je m'en remets à ta générosité...*

Je passe à la conclusion du roman : Madeleine de Maupin *a épuisé*, comme elle le dit, *toutes ses cruautés* ; elle vient elle-même trouver d'Albert et se remettre entre ses mains. [...]

Vous m'en voudriez peut-être de continuer, messieurs... bien que la justice puisse et doive tout entendre et que sa dignité n'en puisse être atteinte, j'avoue que je trouverais téméraire de lire dans cette enceinte la scène qui suit...

[...]

Quoi ! après ce que je viens de vous lire, vous condamneriez Baudelaire ? vous le condamneriez après tant d'autres citations que je pourrais faire et dont vous trouveriez dans mon dossier une collection bien incomplète encore, mais fidèlement transcrite ? vous y trouveriez du Rabelais, du Brantôme qui a « cogneu tant d'honnestes dames » ; mais j'aurais pu puiser partout ! La Fontaine et ses contes, Molière, Voltaire et ses contes en prose, et Rousseau dont les *Confessions* renferment des passages immondes, et Beaumarchais, « auquel de toutes les choses sérieuses le mariage a toujours paru la plus bouffonne... ». Mais si j'osais, si la prosopopée pouvait trouver ici sa place, j'évoquerais et j'invoquerais Montesquieu : « Oh ! Montesquieu, que dirait ta grande âme si pour son malheur rappelé à la vie, tu voyais poursuivre pour outrage à la morale publique Baudelaire et *Les Fleurs du mal,* toi qui as écrit *Le Temple de Gnide* et les *Lettres persanes* ?... » Que dirait Lamartine qui a fait la *Chute d'un ange*, et Balzac avec sa *Fille aux yeux d'or*, et George Sand avec *Lélia* ?...

Je m'arrête, messieurs et je ne veux pas abuser plus longtemps de vos moments.

Je vous ai dit ce qu'était Baudelaire, et ce qu'avaient été ses intentions ; je vous ai montré sa méthode, et son procédé littéraire, je viens de vous faire voir longuement qu'il n'y a rien dans son œuvre qui soit aussi osé dans le fond et dans la forme, dans l'expression et dans la pensée, que tout ce que notre littérature imprime et réimprime tous les jours ; j'ai confiance que vous ne voudrez pas frapper ce galant homme et ce grand artiste et que vous le renverrez purement et simplement des fins de la poursuite.

## *Le jugement*

« En ce qui touche le délit d'offense à la morale religieuse :

« Attendu que la prévention n'est pas établie, renvoie les prévenus des fins de poursuites ;

« En ce qui touche la prévention d'offense à la morale publique et aux bonnes mœurs :

« Attendu que l'erreur du poète, dans le but qu'il voulait atteindre et dans la route qu'il a suivie, quelque effort de style qu'il ait pu faire, quel que soit le blâme qui précède ou qui suit ses peintures, ne saurait détruire l'effet funeste des tableaux qu'il présente au lecteur, et qui, dans les pièces incriminées, conduisent nécessairement à l'excitation des sens par un réalisme grossier et offensant pour la pudeur ;

« Attendu que Baudelaire, Poulet-Malassis et De Broise ont commis le délit d'outrage à la morale publique et aux bonnes mœurs, savoir : Baudelaire, en publiant ; Poulet-Malassis en publiant, vendant et mettant à la vente, à Paris et à Alençon, l'ouvrage intitulé : *Les Fleurs du mal*, lequel contient des passages ou expressions obscènes ou immorales ;

« Que lesdits passages sont contenus dans les pièces portant les numéros 20, 30, 39, 80, 81, 87 du recueil ;

« Vu l'article 8 de la loi du 17 mai 1819, l'article 26 de la loi du 26 mai 1819 ;

« Vu également l'article 463 du Code pénal ;

« Condamne Baudelaire à 300 francs d'amende,

« Poulet-Malassis et De Broise chacun à 100 francs d'amende ;

« Ordonne la suppression des pièces portant les numéros 20, 30, 39, 80, 81 et 87 du recueil,

« Condamne les prévenus solidairement aux frais. »

(*La Gazette des tribunaux*
et *L'Audience*, 21 août 1857)

# *Charles Baudelaire : lettre à l'Impératrice Eugénie (6 novembre 1857)*

Madame,

Il faut toute la prodigieuse présomption d'un poète pour oser occuper l'attention de Votre Majesté d'un cas aussi petit que le mien. J'ai eu le malheur d'être condamné pour un recueil de poésies intitulé : *Les Fleurs du mal*, l'horrible franchise de mon titre ne m'ayant pas suffisamment protégé. J'avais cru faire une belle et grande œuvre, surtout une œuvre claire ; elle a été jugée assez obscure pour que je sois condamné à refaire le livre et à retrancher quelques morceaux (six sur cent). Je dois dire que j'ai été traité par la Justice avec une courtoisie admirable, et que les termes mêmes du jugement impliquent la reconnaissance de mes hautes et pures intentions. Mais l'amende, grossie des frais inintelligibles pour moi, dépasse les facultés de la pauvreté proverbiale des poètes, et, encouragé par tant de preuves d'estime que j'ai reçues d'amis si haut placés, et en même temps persuadé que le cœur de l'Impératrice est ouvert à la pitié pour toutes les tribulations, les spirituelles comme les matérielles, j'ai conçu le projet, après une indécision et une timidité de dix jours, de solliciter la toute gracieuse bonté de Votre majesté et de la prier d'intervenir pour moi auprès de M. le Ministre de la Justice.

Daignez, Madame, agréer l'hommage des sentiments de profond respect avec lesquels j'ai l'honneur d'être

De Votre Majesté,

le très dévoué et très obéissant serviteur et sujet,

*Charles Baudelaire,*
*19, quai Voltaire.*

# « L'Affaire de Bruxelles »

# Le procès de Paul Verlaine

# *Introduction*

Lorsque débute la Commune de Paris, Verlaine, alors employé à l'Hôtel de ville, quitte son travail pour ne plus jamais y retourner. Accompagné de Rimbaud, il multiplie les voyages, d'abord en Belgique, puis à Londres. Inséparables, les deux amis ne cessent pourtant de se disputer, de se réconcilier et de se déchirer à nouveau. Verlaine quitte l'Angleterre et retourne en Belgique. Sa femme demande le divorce. Il menace de se suicider si elle ne vient pas le rejoindre à Bruxelles. Rimbaud, averti de ses intentions suicidaires, le rejoint et les disputes reprennent de plus belle. Le 10 juillet 1873, Verlaine s'enivre et achète un pistolet. Une nouvelle querelle éclate ; il tire deux coups de feu. La première balle blesse Rimbaud au poignet, la seconde se loge dans le plancher. Verlaine se calme, Rimbaud va se faire soigner, tout pourrait s'arrêter là. Mais à la sortie de l'hôpital, Verlaine, toujours agité, s'emporte à nouveau. Il a conservé son arme avec lui. Rimbaud prend peur et va se réfugier auprès d'un agent de police. Verlaine est arrêté pour tentative de meurtre et emprisonné : « l'affaire de Bruxelles » commence.

Interrogatoires et dépositions de témoins se succèdent. Verlaine tente de se faire aider : il écrit notamment à Victor Hugo, en vain. Des témoignages et des rapports de police versés au dossier évoquent des relations immorales. Rimbaud dément ces calomnies. Verlaine se défend, parle de manœuvres de sa femme pour obtenir le divorce. Il subit un examen corporel des plus dégradants qui conclut à des pratiques sodomites récentes. Rimbaud retire sa plainte au cours de l'instruction et Verlaine ne cesse de se repentir, rappelant son état d'ivresse et de désespoir, mais cela n'infléchit pas le ministère public. Le 28 juillet, il est condamné à deux ans de prison pour « coups et blessures ayant entraîné une incapacité de travail personnel ». Il fait appel. Le 27 août, la cour confirme la sentence. Le juge n'a pas seulement condamné Verlaine pour ses actes ou son homosexualité. Un article de *L'Écho de Paris* exprime clairement l'injustice du verdict : « *Verlaine était français* [...] *les notes de police le signalèrent, lui, l'inoffensif et fort timoré lettré, comme un communard dangereux... Les magistrats belges* [...] *le « salèrent » avec une sorte de vindicative rigueur.* »

D'abord incarcéré à la prison des Petits-Carmes, il est ensuite transféré à la maison de sûreté de Mons, dont il sortira le 16 janvier 1875. Il y écrit de nombreux poèmes que l'on retrouve dans plusieurs recueils, notamment *Sagesse* et *Jadis et Naguère*. Pendant sa détention, sa femme obtient le divorce. Verlaine se tourne vers la religion. Quand il retrouve Rimbaud, en février 1875, plus rien ne semble pouvoir les rapprocher. Verlaine plonge dans la misère et sombre dans une existence de clochard alcoolique, errant de cafés en hôpitaux. En 1896, cinq ans après la disparition de Rimbaud, il est retrouvé mort chez une prostituée. Il avait cinquante et un ans.

# *Déclarations et interrogatoires*

## *Rapport du commissaire adjoint Joseph Delhalle*

10 juillet 1873

« Rapport à Monsieur le Commissaire en Chef de police,

« Vers huit heures du soir, l'agent Michel, de la 2e Division, amène au bureau le sieur Verlaine Paul, homme de lettres, né à Metz le 30 mars 1844, en logement rue des Brasseurs 1, depuis 4 jours venant de Londres, qu'il a arrêté rue du Midi sur la réquisition du sieur Rimbaud Arthur, homme de lettres, né à Charleville / France / le 20 octobre 1854, en logement rue des Brasseurs 1 depuis deux jours venant également de Londres, lequel déclare qu'il a été blessé au bras gauche d'un coup de revolver que lui a tiré vers deux heures, son ami Verlaine dans la chambre qu'ils occupent rue des Brasseurs, qu'il s'est rendu ensuite se faire panser à l'hôpital Saint-Jean, accompagné de Verlaine et de la mère de ce dernier, et sont revenus tous ensemble au logement précité ; il n'aurait pas porté plainte de cette blessure, si Verlaine ne s'était pas opposé à son départ, mais se voyant poursuivi par Verlaine qui était toujours porteur de son revolver et craignant d'être tué par lui il avait réclamé le secours de l'agent de police.

« J'ai saisi le revolver qui est encore chargé, à la suite de mon instruction Verlaine a été écroué au dépôt communal et mis à la disposition de Monsieur le procureur du Roi. Bruxelles, le 10 juillet 1873. J. Delhalle »

*Archives de la ville de Bruxelles,*
*Bureau des étrangers, Pol. 189/1190*

## *Déclaration de Verlaine au Commissaire de Police*

10 juillet 1873

Je suis arrivé à Bruxelles depuis quatre jours, malheureux et désespéré. Je connais Rimbaud depuis plus d'une année. J'ai vécu avec lui à Londres, que j'ai quitté depuis quatre jours pour venir habiter Bruxelles, afin d'être plus près de mes affaires, plaidant en séparation avec ma femme habitant Paris, laquelle prétend que j'ai des relations immorales avec Rimbaud. J'ai écrit à ma femme que si elle ne venait pas me rejoindre dans les trois jours je me brûlerais la cervelle ; et c'est dans ce but que j'ai acheté le revolver ce matin au passage des Galeries Saint-Hubert, avec la gaine et une boîte de capsules, pour la somme de 23 francs. Depuis mon arrivée à Bruxelles, j'ai reçu une lettre de Rimbaud qui me demandait de venir me rejoindre. Je lui ai envoyé un télégramme disant que je l'attendais ; et il est arrivé il y a deux jours. Aujourd'hui, me voyant malheureux, il a voulu me quitter. J'ai cédé à un moment de folie et j'ai tiré sur lui. Il n'a pas porté plainte à ce moment. Je me suis rendu avec lui et ma mère à l'hôpital Saint-Jean pour le faire panser et nous sommes revenus ensemble. Rimbaud voulait partir à toute force. Ma mère lui a donné vingt francs pour son voyage ; et c'est en le conduisant à la gare qu'il a prétendu que je voulais le tuer.



*P. Verlaine*

## *Déclaration de Rimbaud au Commissaire de Police*

10 juillet 1873 (vers 8 heures du soir)

Depuis un an, j'habite Londres avec le sieur Verlaine. Nous faisions des correspondances pour les journaux et donnions des leçons de français. Sa société était devenue impossible, et j'avais manifesté le désir de retourner à Paris. Il y a quatre jours, il m'a quitté pour venir à Bruxelles et m'a envoyé un télégramme pour venir le rejoindre. Je suis arrivé depuis deux jours, et suis allé me loger avec lui et sa mère, rue des Brasseurs, n° 1. Je manifestais toujours le désir de retourner à Paris. Il me répondait : « Oui, pars, et tu verras ! »

Ce matin, il est allé acheter un revolver au passage des Galeries Saint-Hubert, qu'il m'a montré à son retour, vers midi. Nous sommes allés ensuite à la Maison des brasseurs, Grand'Place, où nous avons continué à causer de mon départ. Rentrés au logement vers deux heures, il a fermé la porte à clef, s'est assis devant ; puis, armant son revolver, il en a tiré deux coups en disant : « Tiens ! Je t'apprendrai à vouloir partir ! »

Ces coups de feu ont été tirés à trois mètres de distance ; le premier m'a blessé au poignet gauche, le second ne m'a pas atteint. Sa mère était présente et m'a porté les premiers soins. Je me suis rendu ensuite à l'hôpital Saint-Jean, où l'on m'a pansé. J'étais accompagné par Verlaine et sa mère. Le pansement fini, nous sommes revenus tous trois à la maison. Verlaine me disait toujours de ne pas le quitter et de rester avec lui ; mais je n'ai pas voulu consentir et suis parti vers sept heures du soir, accompagné de Verlaine et de sa mère. Arrivé aux environs de la place Rouppe, Verlaine m'a devancé de quelques pas, puis il est revenu vers moi : je l'ai vu mettre sa main en poche pour saisir son revolver ; j'ai fait demi-tour et suis revenu sur mes pas. J'ai rencontré l'agent de police à qui j'ai fait part de ce qui m'était arrivé et qui a invité Verlaine à le suivre au bureau de police. Si ce dernier m'avait laissé partir librement, je n'aurais pas porté plainte à sa charge pour la blessure qu'il m'a faite.

### *Déclaration de Madame Verlaine au Commissaire de Police*

Depuis deux ans environ, le sieur Rimbaud vit aux dépens de mon fils, lequel a à se plaindre de son caractère acariâtre et méchant : il l'a connu à Paris, puis à Londres. Mon fils est venu à Bruxelles il y a quatre jours. À peine arrivé, il a reçu une lettre de Rimbaud, afin de pouvoir venir l'y rejoindre. Il y a répondu affirmativement par dépêche télégraphique, et Rimbaud est venu loger avec nous depuis deux jours. Ce matin, mon fils, qui a l'intention de voyager, a fait l'achat d'un revolver. Après la promenade, ils sont rentrés à la maison vers deux heures. Une discussion s'est élevée entre eux. Mon fils a saisi son revolver et en a tiré deux coups sur son ami Rimbaud : le premier l'a blessé au bras gauche, le second n'a pas été tiré sur lui. Néanmoins nous n'avons pas trouvé les balles. Après avoir été pansé à l'hôpital Saint-Jean, Rimbaud témoignant le désir de retourner à Paris, je lui ai donné vingt francs, parce qu'il n'avait pas d'argent. Puis, nous sommes allés pour le reconduire à la gare du Midi, lorsqu'il s'est adressé à l'agent de police pour faire arrêter mon fils, qui n'avait pas de rancune contre lui et avait agi dans un moment d'égarement.

## *Interrogatoire de Verlaine par le Juge d'Instruction*

Demande : N'avez-vous jamais été condamné ?

Réponse : Non.

Je ne sais pas au juste ce qui s'est passé dans la journée d'hier. J'avais écrit à ma femme qui habite Paris de venir me rejoindre, elle ne m'a pas répondu ; d'autre part, un ami auquel je tiens beaucoup était venu me rejoindre à Bruxelles depuis deux jours et voulait me quitter pour retourner en France ; tout cela m'a jeté dans le désespoir, j'ai acheté un revolver dans l'intention de me tuer. En rentrant à mon logement, j'ai eu une discussion avec cet ami : malgré mes instances, il voulait me quitter ; dans mon délire, je lui ai tiré un coup de pistolet qui l'a atteint à la main. J'ai alors laissé tomber le revolver, et le second coup est parti accidentellement. J'ai eu immédiatement le plus vif remords de ce que j'avais fait ; ma mère et moi nous avons conduit Rimbaud à l'hôpital pour le faire panser ; la blessure était sans importance. Malgré mon insistance, il a persisté dans sa résolution de retourner en France. Hier soir, nous l'avons conduit à la gare du Midi. Chemin faisant, je renouvelai mes instances ; je me suis même placé devant lui, comme pour l'empêcher de continuer sa route, et je l'ai menacé de me brûler la cervelle ; il a compris peut-être que je le menaçais lui-même, mais ce n'était pas mon intention.

D. : Quel est le motif de votre présence à Bruxelles ?

R. : J'espérais que ma femme serait venue m'y rejoindre, comme elle était déjà venue précédemment depuis notre séparation.

D. : Je ne comprends pas que le départ d'un ami ait pu vous jeter dans le désespoir. N'existe-t-il pas entre vous et Rimbaud d'autres relations que celles de l'amitié ?

R. : Non ; c'est une calomnie qui a été inventée par ma femme et sa famille pour me nuire ; on m'accuse de cela dans la requête présentée au tribunal par ma femme à l'appui de sa demande de séparation.

*Lecture faite, persiste et signe :*
*P. Verlaine, Th. T'Serstevens, C. Ligour*

## *Déposition de Rimbaud devant le Juge d'Instruction*

12 juillet 1873

J'ai fait, il y a deux ans environ, la connaissance de Verlaine à Paris. L'année dernière, à la suite de dissentiments avec sa femme et la famille de celle-ci, il me proposa d'aller avec lui à l'étranger ; nous devions gagner notre vie d'une manière ou d'une autre, car moi je n'ai aucune fortune personnelle, et Verlaine n'a que le produit de son travail et quelque argent que lui donne sa mère. Nous sommes venus ensemble à Bruxelles au mois de juillet de l'année dernière ; nous y avons séjourné pendant deux mois environ ; voyant qu'il n'y avait rien à faire pour nous dans cette ville, nous sommes allés à Londres. Nous y avons vécu ensemble jusque dans ces derniers temps, occupant le même logement et mettant tout en commun.

À la suite d'une discussion que nous avons eue au commencement de la semaine dernière, discussion née des reproches que je lui faisais sur son indolence et sa manière d'agir à l'égard des personnes de nos connaissances, Verlaine me quitta presque à l'improviste, sans même me faire connaître le lieu où il se rendait. Je supposai cependant qu'il se rendait à Bruxelles, ou qu'il y passerait, car il avait pris le bateau d'Anvers. Je reçus ensuite de lui une lettre datée « En mer », que je vous remettrai, dans laquelle il m'annonçait qu'il allait rappeler sa femme auprès de lui, et que si elle ne répondait pas à son appel dans trois jours, il se tuerait ; il me disait aussi de lui écrire poste restante à Bruxelles. Je lui écrivis ensuite deux lettres dans lesquelles je lui demandais de revenir à Londres ou de consentir à ce que j'allasse le rejoindre à Bruxelles. C'est alors qu'il m'envoya un télégramme pour venir ici, à Bruxelles. Je désirais nous réunir de nouveau, parce que nous n'avions aucun motif de nous séparer.

Je quittai donc Londres ; j'arrivai à Bruxelles mardi matin, et je rejoignis Verlaine. Sa mère était avec lui. Il n'avait aucun projet déterminé : il ne voulait pas rester à Bruxelles, parce qu'il craignait qu'il n'y eût rien à faire dans celle ville ; moi, de mon côté, je ne voulais pas consentir à retourner à Londres, comme il me le proposait, parce que notre départ devait avoir produit un trop fâcheux effet dans l'esprit de nos amis, et je résolus de retourner à Paris. Tantôt Verlaine manifestait l'intention de m'y accompagner, pour aller, comme il le disait, faire justice de sa femme et de ses beaux-parents ; tantôt il refusait de m'accompagner, parce que Paris lui rappelait de trop tristes souvenirs. Il était dans un état d'exaltation très grande. Cependant il insistait beaucoup auprès de moi pour que je restasse avec lui tantôt il était désespéré, tantôt il entrait en fureur. Il n'y avait aucune suite dans ses idées. Mercredi soir, il but outre mesure et s'enivra. Jeudi matin, il sortit à six heures ; il ne rentra que vers midi ; il était de nouveau en état d'ivresse, il me montra un pistolet qu'il avait acheté, et quand je lui demandai ce qu'il comptait en faire, il répondit en plaisantant : « C'est pour vous, pour moi, pour tout le monde ! » Il était fort surexcité.

Pendant que nous étions ensemble dans notre chambre, il descendit encore plusieurs fois pour boire des liqueurs ; il voulait toujours m'empêcher d'exécuter mon projet de retourner à Paris. Je restai inébranlable. Je demandai même de l'argent à sa mère pour faire le voyage. Alors, à un moment donné, il ferma à clef la porte de la chambre donnant sur le palier et il s'assit sur une chaise contre cette porte. J'étais debout, adossé contre le mur d'en face. Il me dit alors : « Voilà pour toi, puisque tu pars ! » ou quelque chose dans ce sens ; il dirigea son pistolet sur moi et m'en lâcha un coup qui m'atteignit au poignet gauche ; le premier coup fut presque instantanément suivi d'un second, mais cette fois l'arme n'était plus dirigée vers moi, mais abaissée vers le plancher.

Verlaine exprima immédiatement le plus vif désespoir de ce qu'il avait fait ; il se précipita dans la chambre contiguë occupée par sa mère, et se jeta sur le lit. Il était comme fou : il me mit son pistolet entre les mains et m'engagea à le lui décharger sur la tempe. Son attitude était celle d'un profond regret de ce qui lui était arrivé.

Vers cinq heures du soir, sa mère et lui me conduisirent ici pour me faire panser. Revenus à l'hôtel, Verlaine et sa mère me proposèrent de rester avec eux pour me soigner, ou de retourner à l'hôpital jusqu'à guérison complète. La blessure me paraissant peu grave, je manifestai l'intention de me rendre le soir même en France, à Charleville, auprès de ma mère. Cette nouvelle jeta Verlaine de nouveau dans le désespoir. Sa mère me remit vingt francs pour faire le voyage, et ils sortirent avec moi pour m'accompagner à la gare du Midi. Verlaine était comme fou, il mit tout en œuvre pour me retenir ; d'autre part, il avait constamment la main dans la poche de son habit où était son pistolet. Arrivés à la Place Rouppe, il nous devança de quelques pas et puis il revint sur moi ; son attitude me faisait craindre qu'il ne se livrât à de nouveaux excès ; je me retournai et je pris la fuite en courant. C'est alors que j'ai prié un agent de police de l'arrêter.

La balle dont j'ai été atteint à la main n'est pas encore extraite, le docteur d'ici m'a dit qu'elle ne pourrait l'être que dans deux ou trois jours.

Demande : De quoi viviez-vous à Londres ?

Réponse : Principalement de l'argent que Mad[ame] Verlaine envoyait à son fils. Nous avions aussi des leçons de français que nous donnions ensemble, mais ces leçons ne nous rapportaient pas grand'chose, une douzaine de francs par semaine, vers la fin.

D. : Connaissez-vous le motif des dissentiments de Verlaine et de sa femme ?

R. : Verlaine ne voulait pas que sa femme continuât d'habiter chez son père.

D. : N'invoque-t-elle pas aussi comme grief votre intimité avec Verlaine ?

R. : Oui, elle nous accuse même de relations immorales ; mais je ne veux pas me donner la peine de démentir de pareilles calomnies.

*Lecture faite, persiste et signe :*
*A. Rimbaud, Th. T'Serstevens, C. Ligour*

## *Nouvel interrogatoire de Verlaine*

18 juillet 1873

Je ne peux pas vous en dire davantage que dans mon premier interrogatoire sur le mobile de l'attentat que j'ai commis sur Rimbaud. J'étais en ce moment en état d'ivresse complète, je n'avais plus ma raison à moi. Il est vrai que sur les conseils de mon ami Mourot, j'avais un instant renoncé à mon projet de suicide ; j'avais résolu de m'engager comme volontaire dans l'armée espagnole ; mais, une démarche que je fis à cet effet à l'ambassade espagnole n'ayant pas abouti, mes idées de suicide me reprirent. C'est dans cette disposition d'esprit que dans la matinée du jeudi j'ai acheté mon revolver. J'ai chargé mon arme dans un estaminet de la rue des Chartreux ; j'étais allé dans cette rue pour rendre visite à un ami.

Je ne me souviens pas d'avoir eu avec Rimbaud une discussion irritante qui pourrait expliquer l'acte qu'on me reproche. Ma mère que j'ai vue depuis mon arrestation m'a dit que j'avais songé à me rendre à Paris pour faire auprès de ma femme une dernière tentative de réconciliation, et que je désirais que Rimbaud ne m'accompagnât pas ; mais je n'ai personnellement aucun souvenir de cela. Du reste, pendant les jours qui ont précédé l'attentat, mes idées n'avaient pas de suite et manquaient complètement de logique.

Si j'ai rappelé Rimbaud par télégramme, ce n'était pas pour vivre de nouveau avec lui ; au moment d'envoyer ce télégramme, j'avais l'intention de m'engager dans l'armée espagnole ; c'était plutôt pour lui faire mes adieux.

Je me souviens que dans la soirée du jeudi, je me suis efforcé de retenir Rimbaud à Bruxelles ; mais, en le faisant, j'obéissais à des sentiments de regrets et au désir de lui témoigner par mon attitude à son égard qu'il n'y avait eu rien de volontaire dans l'acte que j'avais commis. Je tenais en outre à ce qu'il fût complètement guéri de sa blessure avant de retourner en France.

*Lecture faite, persiste et signe :*
*P. Verlaine, Th. T'Serstevens, C. Ligour*

## *Nouvelle déposition de Rimbaud*

18 juillet 1873

Je persiste dans les déclarations que je vous ai faites précédemment, c'est-à-dire qu'avant de me tirer un coup de revolver, Verlaine avait fait toutes sortes d'instances auprès de moi pour me retenir avec lui. Il est vrai qu'à un certain moment il a manifesté l'intention de se rendre à Paris pour faire une tentative de réconciliation auprès de sa femme, et qu'il voulait m'empêcher de l'y accompagner ; mais il changeait d'idée à chaque instant, il ne s'arrêtait à aucun projet. Aussi, je ne puis trouver aucun mobile sérieux à l'attentat qu'il a commis sur moi. Du reste, sa raison était complètement égarée : il était en état d'ivresse, il avait bu dans la matinée, comme il a du reste l'habitude de le faire quand il est livré à lui-même.

On m'a extrait hier de la main la balle de revolver qui m'a blessé : le médecin m'a dit que dans trois ou quatre jours ma blessure serait guérie.

Je compte retourner en France, chez ma mère, qui habite Charleville.

*Lecture faite, persiste et signe :*
*A. Rimbaud, Th. T'Serstevens, C. Ligour*

# *Acte de renonciation*

Je soussigné Arthur Rimbaud, 19 ans, homme de lettres, demeurant ordinairement à Charleville (Ardennes-France), déclare, pour rendre hommage à la vérité, que le jeudi 10 courant vers 2 heures, au moment où M. Paul Verlaine, dans la chambre de sa mère, a tiré sur moi un coup de revolver qui m'a blessé légèrement au poignet gauche, M. Verlaine était dans un tel état d'ivresse qu'il n'avait point conscience de son action.

Que je suis intimement persuadé qu'en achetant cette arme, M. Verlaine n'avait aucune intention hostile contre moi, et qu'il n'y avait point de préméditation criminelle dans l'acte de fermer la porte à clef sur nous. Que la cause de l'ivresse de M. Verlaine tenait simplement à l'idée de ses contrariétés avec Mme Verlaine, sa femme.

Je déclare en outre lui offrir volontiers et consentir à ma renonciation pure et simple à toute action criminelle correctionnelle et civile, et me désiste dès aujourd'hui des bénéfices de toute poursuite qui serait ou pourrait être intentée par le ministère public contre M. Verlaine pour le fait dont il s'agit.

*A. Rimbaud*
*Samedi 19 juillet 1873*

# *Copie de l'examen corporel intégral dans les minutes du procès de Verlaine à Bruxelles*

Nous soussignés… docteurs en médecine, avons été chargé par Monsieur T'Serstevens, juge d'instruction, de procéder à l'examen corporel de Paul Verlaine, homme de lettres né à Metz, détenu à la maison d'arrêt de cette ville (Bruxelles), aux fins de constater s'il porte des traces d'habitudes pédérastiques.

Après avoir rempli les obligations de la loi relative au serment, nous nous sommes, aujourd'hui 16, rendus en la cellule du susnommé et y avons constaté ce qui suit :

1 : Le pénis est court et peu volumineux. Le gland est surtout petit et va s'amincissant, s'effilant vers son extrémité libre, à partir de la couronne. Celle-ci est peu vaillante et sans relief.

2 : L'anus se laisse dilater assez fortement, pour un écartement modéré des fesses, en une profondeur d'un pouce environ. Ce mouvement met en évidence un infendibulum, espèce de cône évasé, tronqué, dont le sommet serait en profondeur.

Les replis du sphincter ne sont ni lésés ni ne portent de traces de lésions anciennes. La contractilité en reste à peu près normale.

De cet examen il résulte que P. Verlaine porte sur sa personne des traces d'habitudes de pédérastie active et passive. L'une et l'autre, de ces deux sortes de vestiges, ne sont pas tellement marquées qu'il y ait lieu de suspecter des habitudes invétérées et anciennes, mais des pratiques plus ou moins récentes.

*Bruxelles le 16 juillet 1873*
*[suivi des signatures]*

## *Déposition d'Auguste Mourot, cousin de Verlaine (17 juillet 1873)*

« [...] c'est le soir du même jour qu'arriva Rimbaut. Je ne vis pas Verlaine le mercredi ni le jeudi parce que Rimbaut, que je ne connaissais pas cependant, m'inspirait de la répulsion. Il avait vécu à Londres aux dépens de Verlaine et je supposais qu'il avait abusé de sa faiblesse de caractère pour s'imposer à lui ; en outre, je ne les voyais pas volontiers ensemble après l'accusation portée contre Verlaine dans l'instance de séparation, d'entretenir des relations immorales avec Rimbaut. Jeudi 8 courant dans la soirée je me rendis hôtel de Courtrai rue des Brasseurs pour faire visite à Verlaine et à sa mère, j'appris alors par Rimbaut ce qui s'était passé. Verlaine paraît-il avant de mettre à exécution son projet de suicide voulait se rendre à Paris pour faire auprès de sa femme une dernière tentative de réconciliation. Rimbaut avait exprimé l'intention de se rendre également à Paris ; Verlaine s'y était opposé pour le motif que leur présence simultanée à Paris après leur absence assez prolongée aurait donné une apparence de fondement à l'accusation dirigée contre eux d'avoir ensemble des relations immorales et aurait ainsi rendu impossible toute réconciliation avec sa femme ; Rimbaut aurait persisté dans sa résolution malgré toutes les instances de Verlaine et celui-ci dans un moment d'égarement lui aurait tiré un coup de pistolet ; Rimbaut ajoutait que Verlaine était en état d'ivresse complète au moment de l'attentat.

« Verlaine a un caractère très doux ; pendant les jours que j'ai passés avec lui il était, comme je l'ai dit plus haut, en proie à un véritable désespoir, mais incapable de se livrer à des actes de violence sur des personnes ; Ce n'est que depuis l'arrivée de Rimbaut qu'il s'est mis à boire et qu'il s'est mis dans un état de surexcitation telle qu'il n'avait plus conscience de ses actes. »

# *Lettre de Verlaine à V. Hugo (19 juillet 1873)*

« De la prison des Petits-Carmes, Bruxelles, le 19 juillet 1873.

« Cher et vénéré maître, cette lettre est bien faite pour vous surprendre, tant par l'indication qui précède que par l'ardente prière qui va suivre, mais n'êtes-vous pas la bonté comme vous êtes le génie ? – et puisque depuis les déjà longues années que j'ai l'honneur et le bonheur de vous connaître, vous m'avez toujours bien voulu témoigner, ainsi qu'au bonheur de mon pauvre ménage, le plus vif et le plus paternel intérêt, j'ose, mon cher maître, m'ouvrir à vous tout entier aujourd'hui, et près de sombrer affreusement, je vous crie au secours, sauvez-moi ! Voici : vous êtes plus ou moins au courant de mes affreux démêlés avec ma femme. Puisque vous êtes à Paris (ce sont les journaux d'il y a 10 jours qui m'en ont instruit, je ne lis plus de journaux depuis ma captivité), M. Burty, à qui j'en ai écrit très longuement dans le temps pourra vous communiquer mes confidences. Voilà juste un an que, moitié folie moitié horreur de la maison de mon beau-père, j'ai quitté Paris et la France en compagnie d'un ami qui ne m'a quitté que de rares intervalles, tous exigés par moi, et consacrés par moi à l'attente – infructueuse toujours hélas ! – du retour de ma femme auprès de moi. Il y a 15 jours ou 3 semaines [*En marge* : le surlendemain de la réception de votre dernière lettre] je quittais brusquement Londres et mon ami – laissant celui-ci sans autres ressources que ma garde-robe qu'il a dû vendre – pour me rendre à Bruxelles dans le dessein bien arrêté – que je signifiai à ma femme, de me détruire si elle ne venait pas dans 3 jours à telle adresse que je lui donnais. *Elle ne vint pas*. Mon ami, à qui en débarquant à Anvers j'avais écrit pour l'avertir de mon dessein, accourut avant la fin du 3e jour. Sa présence retarda mon projet. J'avais – durant les 2 premiers jours, conçu la mort sous un autre aspect et fait une démarche auprès de l'ambassade d'Espagne, à l'effet de m'engager dans les volontaires fédéraux. On me répondit à l'ambassade *qu'on n'acceptait pas d'étrangers*. Je télégraphiai à ma femme que je l'attendrai[s] jusqu'au lendemain à midi, qu'elle me télégraphiât et vînt. – Ma mère arriva : je lui avais écrit à tout hasard de venir. – J'avais une fièvre affreuse qui dégénéra en une véritable folie quand le lendemain de mon télégramme, ma femme ne fut pas venue. J'achetai un revolver que je chargeai, bien décidé à partir le soir même pour Paris. J'eusse sonné à la porte de ma femme, l'eusse priée de me recevoir et si elle avait refusé, me fusse tué sur son palier. Le hasard de la folie en disposa autrement. Je rentrai chez moi, où se trouvaient ma mère et mon ami. Ce dernier (cause en grande partie de mes démêlés avec ma femme) mais qui dans cette circonstance fit preuve, comme en milles autres, du plus grand dévouement, me parla – paraît-il – je vous dis que j'étais absolument *absent* – je m'irritai et eus le malheur inouï de diriger vers lui un coup de pistolet qui le blessa heureusement très peu au bras gauche. Il se contenta de me reprocher doucement mon acte fou et me pardonna. Nous le pansâmes, ma mère et moi, après quoi il manifesta le désir d'aller se faire soigner chez sa mère. Alors, je m'y refusai et lui dis : si tu t'en vas maintenant, *je me brûle la cervelle* devant toi. Il se méprit au sens de mes paroles, et s'enfuit (ceci dans la rue). Je le poursuivis le rappelant. – Un sergent de ville nous arrêta –, et me voici en prison, en cellule, depuis 9 jours sous l'inculpation de *tentative d'assassinat*. Toutefois, j'ose espérer en l'indulgence de la justice, mon cas étant tout de folie, tous les témoignages, y compris celui du pauvre blessé, le confirment. Mon cher maître, c'est affreux, mais le pire, c'est ma femme, qui est la cause indirecte de tout cela, et qui – sans doute ne sachant rien encore – me laisse là !... – Ô mon cher et vénéré maître, faites une chose, tenez, vous le pouvez, *vous seul* le pouvez. Parlez-lui, faites-la venir chez vous, dites-lui qu'elle doit pardonner à ce malheureux, que seule elle peut me sauver du remords, de l'angoisse, seule elle peut m'aider à refaire ma vie. Qu'il serait impie à elle de persister davantage dans sa rancune, si légitime qu'elle puisse être. – Je lui offre tout, j'humilie mon orgueil. Je serai doux comme un enfant, qu'elle ait enfin pitié et considère ce que le désespoir m'a déjà fait faire : qu'elle vienne ici, me voir, avec notre enfant, et m'écrive bien vite : j'espère pouvoir dans un temps peut-être prochain recouvrer ma liberté : mais qu'en ferai-je désormais sans elle ? Qu'elle profite de ce grand malheur qui me frappe pour me pardonner tout le mal que j'ai pu lui causer. Je ne suis pas méchant, elle le sait bien. Je serai si bon, elle sera si heureuse, si elle fait ce pas vers moi, si elle veut bien sauver l'avenir ! Dites-lui tout cela mon cher maître ! Vous avez toute autorité sur elle et elle vous écoutera avec respect et *fruit*, j'en suis sûr. Ai-je besoin de vous dire quelle immense gratitude nous vous aurons tous, elle, moi –, et plus tard, ce pauvre enfant !

« C'est peut-être fou à moi de vous demander un tel service, mais je vous aime tant, mon cher maître, que je suis sûr que vous me la rendrez. Elle demeure rue Nicolet 14, 18e arrond[issemen]t Q[uartie]r Clignancourt, Paris. Si vous n'êtes pas à Paris, oh, alors, écrivez-lui. Daignez me répondre bien vite. Je rougis de signer, Votre tout dévoué P. Verlaine

« *Détenu à la prison des Petits-Carmes, Bruxelles*

« Veuillez me donner votre adresse. [*En marge :* Si Madame Drouet voulait se faire votre auxiliaire dans la tâche pieuse que j'ose vous offrir, elle a, je crois, grande influence sur ma femme.] »

## *Lettre du préfet de police de Paris (21 août 1873)*

« Paris, le 21 août 1873. Monsieur le Juge d'Instruction, Vous m'avez fait l'honneur de m'écrire le 21 juillet dernier, pour me demander des renseignements sur le nommé Verlaine, Paul, que vous poursuivez sous l'inculpation de tentative de meurtre. Le nommé Verlaine, Paul, âgé de 27 ans, né à Metz, a été attaché à la Préfecture de la Seine. Il a débuté dans les lettres par la publication de plusieurs ouvrages de poésie. Plus tard, il a collaboré à la rédaction du journal *Le Rappel* et s'est lié intimement avec les nommés Vermesch et Andrieux, personnages influents sous la Commune. Pendant la période révolutionnaire, il aurait continué ses fonctions à l'hôtel de ville ; et au mois de juillet 1871, il aurait été révoqué de son emploi pour négligence dans son service. Le nommé Verlaine demeurait, à cette époque, rue de l'Écluse n° 26. Il venait de contracter mariage avec une demoiselle Moté de Ferville, lorsqu'il prit sous son patronage un jeune poète, le nommé Rimbaud, Arthur, âgé de 16 ans, né à Charleville. Celui-ci lui était recommandé par un sieur Corrège, rentier, domicilié dans cette localité, qui faisait, du reste, l'éloge le plus flatteur de l'intelligence et du talent de son jeune compatriote. Ce dernier ne tarda pas, toutefois, à s'attirer par ses goûts dépravés, le mépris des personnes qui, tout d'abord, s'étaient intéressées à lui. Quant à l'inculpé, épris d'une passion honteuse pour le nommé Rimbaud, il quitta Paris avec lui au mois de juillet dernier en abandonnant sa jeune femme et un enfant en bas âge. Il est, d'ailleurs, représenté sous de mauvais rapports. Il aurait des habitudes d'intempérance ; et l'abus des boissons alcooliques aurait, dit-on, affaibli ses facultés intellectuelles. Il est inconnu dans la partie des sommiers judiciaires qui a pu être sauvée de l'incendie de ma préfecture. Le Préfet de Police, P[ou]r le Préfet et par autorisation, Le Chef de la 1re Division. »

Bruxelles, KBR, cabinet des manuscrits, ms II. 6368, fos 82-83.

# *Jugement définitif en appel de Verlaine (27 août 1873)*

« Extrait des minutes du greffe de la cour d'appel, séant à Bruxelles, n° 408 – En cause de Paul Verlaine, prévenu appelant et intimé.

« Contre le ministère public intimé et appelant.

« Vu par la cour d'appel interjeté le 8 août 1873, par Paul Verlaine, âgé de vingt-neuf ans, homme de lettres, né à Metz, sans domicile en Belgique.

« Vu également l'appel interjeté le même jour par Monsieur le Procureur du Roi de l'arrondissement de Bruxelles, du jugement rendu le 8 août 1873 par le tribunal de première instance de l'arrondissement de Bruxelles, lequel jugeant en matière de police correctionnelle, condamne ledit Paul Verlaine à deux années d'emprisonnement et à deux cents francs d'amende, en outre, aux frais taxés à cinquante-huit francs quinze centimes ;

« Prononce la confiscation de l'arme saisie ;

« Dit qu'à défaut de paiement dans le délai légal l'amende pourra être remplacée par un emprisonnement de deux mois ;

« Pour avoir, à Bruxelles, le 10 juillet 1873, volontairement porté des coups et fait des blessures ayant entraîné une incapacité de travail personnel à Arthur Rimbaud ;

« Ouï le rapport fait à l'audience publique de ce jour par Monsieur le conseiller Eeckman ;

« Entendu Monsieur Crets, substitut du procureur général, en son réquisitoire ;

« Entendu le prévenu en ses moyens de défense, présentés par Monsieur Nélis ;

« Attendu que le fait déclaré constant par le premier juge est resté établi devant la cour ;

« Attendu que la peine prononcée est en rapport avec la gravité du délit ;

« Par ces motifs :

« Vu les articles visés au jugement dont appel,

« La cour met au néant les appels du ministère public et du prévenu ;

« Condamne le prévenu aux dépens d'appel, liquidés à trois francs soixante centimes ;

« Ainsi jugé et prononcé en l'audience publique du vingt-sept août dix-huit cent septante-trois ; présents Messieurs : Hellveet faisant fonction de président ; Hippolyte Casier, Eeckman de Bavais, Le Court, conseillers ; Crets, substitut du procureur général, De Grevé, greffier, qui tous, sauf le substitut du procureur général, ont signé la minute du présent arrêt.

« Pour copie conforme, etc...

# *Le Procès d'Oscar Wilde*

# *Introduction*

Le 18 février 1895, le marquis de Queensberry fait porter une carte au club où Oscar Wilde a ses habitudes. L'en-tête est sans appel : « Pour Oscar Wilde, posant comme sodomite. » Queensberry a déjà harcelé Wilde à plusieurs reprises. Le fils aîné du marquis s'est suicidé quelques mois plus tôt, sans doute sous l'effet d'un chantage qui aurait révélé sa liaison homosexuelle avec le Premier ministre anglais, lord Rosebery. Un autre de ses fils, lord Alfred, s'affiche avec un homme célèbre du nom d'Oscar Wilde, ce qu'il ne supporte pas. Wilde aurait dû simplement déchirer la carte, mais il prend la mouche et décide d'intenter un procès pour diffamation contre le marquis.

Ce procès, dans lequel Wilde est le plaignant, va se retourner contre lui. La défense du marquis de Queensberry est confiée à Maître Edward Carson. Wilde, plutôt que de préparer le procès, part en vacances à Monaco avec le jeune Alfred. Carson s'appuie sur les recherches de détectives privés, mais aussi sur l'œuvre même d'Oscar Wilde, en particulier *Le Portrait de Dorian Gray*, dont il va s'ingénier à décrypter certains passages pour leur donner une interprétation abusive. Devant une salle comble, le procès débute par la plaidoirie de l'avocat de Wilde, sir Edward Clarke, qui revient sur la carrière de son client et sur sa situation d'homme marié, père de deux enfants. Le contre-interrogatoire de Carson est brillant. Il met au jour la vie privée de l'écrivain et pousse Wilde dans ses retranchements. Si ce dernier parvient, à plusieurs reprises, à faire rire l'assemblée par ses réponses pleines de mordant et d'esprit, il se laisse parfois emporter par ses propres réparties. Carson parvient à démontrer les relations homosexuelles de Wilde, ce qui était alors considéré comme un crime. Le jury déclare que les accusations de Queensberry étaient fondées. Avec une célérité surprenante, la justice fait établir, dans les heures qui suivent la fin du procès, un mandat d'arrêt à l'encontre de l'auteur. La mise en liberté sous caution lui est refusée. Wilde est ruiné, ses biens sont vendus aux enchères pour payer ses dettes et les frais de justice. Plusieurs de ses ouvrages sont retirés des librairies. On efface le nom de Wilde sur les affiches de ses pièces de théâtre encore jouées. Après un premier procès au terme duquel le jury ne parvient pas à se prononcer, le parquet ouvre un second procès. Condamné à deux ans de travaux forcés le 25 mai 1895, Wilde est libéré le 19 mai 1897 et quitte l'Angleterre pour toujours. Il meurt d'une méningite à l'âge de quarante-six ans, le 30 novembre 1900, à Paris.

Cour pénale principale, Old Bailey.

La Couronne *(Oscar Wilde, partie plaignante)* contre John Douglas, marquis de Queensberry, devant le juge Collins et un jury *les 3-5 avril 1895.*

Sir Edward Clarke, avocat de la Couronne, Mr. Charles Willie Mathews et Mr. Travers Humphreys pour la partie plaignante.

Mr. E. H. Carson, avocat de la Couronne, Mr. C. F. Gill et Mr. A. E. Gill pour la défense.

Mr. Edward Beasley, avocat de la Couronne et Mr. John Lionel Monckton, chargés du suivi de la procédure par lord Alfred Douglas et lord Douglas of Hawick.

*(À partir des notes sténographiques de Messrs Cherer, Bennett et Davis, 8, New Court, Carey Street, WC)*

SIR EDWARD CLARKE : Votre Honneur, gentlemen du jury [1], vous savez que l'accusation portée contre le prévenu est d'avoir rendu public un libelle pernicieusement diffamatoire à l'encontre de Mr. Oscar Wilde. Cela a été fait sous la forme d'une carte laissée par lord Queensberry au club dont Mr. Oscar Wilde est sociétaire. Une carte de visite, avec le titre de

1. La profession des douze membres du jury était « gentleman » pour huit d'entre eux. Il y avait également un agent de change, un boucher, un coursier de banque et un bottier.

lord Queensberry imprimé et les mots suivants écrits au-dessus : « Pour Oscar Wilde posant au sodomite. » C'est cette carte qui motive l'action en justice entreprise contre le prévenu.
Gentlemen, il est évidemment d'une extrême gravité qu'un terme tel que celui écrit par lord Queensberry sur cette carte se retrouve en quelconque relation avec le nom d'un gentleman qui jouit d'une grande réputation dans ce pays. Ce n'est pas une incrimination du plus sérieux des forfaits, la formule employée paraissant suggérer qu'il n'y a pas culpabilité dudit forfait, mais du fait que, d'une manière ou d'une autre, la personne au sujet de laquelle ces mots ont été écrits se serait montrée – ou plutôt chercherait à se montrer – coupable de ce forfait, ou inclinée à sa perpétration. Et la publication de cette affirmation en laissant une carte au portier d'un club est un acte aux fort sérieuses conséquences, susceptible d'affecter la réputation et le statut de la personne à propos de laquelle cette injurieuse suggestion a été faite.
Si nous n'étions là que pour nous occuper de ce problème de publication, de la simple question d'établir si la diffamation a été rendue publique, puis de la question qui suivrait, non pour vous mais pour Votre Honneur, à savoir quelle punition devrait encourir le prévenu pour cet acte criminel, nombre de considérations existeraient [...] que ne justifieraient pas un tel acte, pour sûr, car ledit acte de publication ne pourrait être justifié à moins que l'affirmation ne soit avérée, mais qui du moins seraient susceptibles [...] d'induire dans une certaine mesure des circonstances atténuantes à ce grave délit. Ce que nous avons à considérer aujourd'hui, cependant, ne

s'arrête pas à la question de savoir si cette carte a été effectivement remise à son destinataire, pas plus que si le prévenu pourrait arguer d'aucune manière qu'il a écrit ces mots sous le coup de l'émotion, une émotion profonde mais de mauvais conseil.

Avec la défense que le prévenu a présentée à la cour aujourd'hui, un point encore plus préoccupant est posé : il affirme que ce qu'il a écrit est vrai, et que son but était bien de le porter à la connaissance du public. Il dit qu'il a raison, et donne dans sa défense des détails qui, soutient-il, montrent que sa caractérisation de Mr. Oscar Wilde est justifiée. Bien que sa déclaration ne vous ait pas été lue dans son intégralité, je puis vous certifier ceci : il ne s'y trouve aucune allégation selon laquelle Mr. Oscar Wilde aurait été coupable du grave forfait que j'ai mentionné, mais il y porte toute une série d'accusations, mentionnant le nom de certaines personnes, de nombreuses personnes, dirais-je, à propos desquelles il est affirmé que Mr. Oscar Wilde a sollicité d'elles toutes qu'elles commettent avec lui le grave forfait en question, et qu'il s'est rendu coupable avec chacune d'elles d'outrages aux bonnes mœurs. Je pense que vous trouverez assez surprenant que, sa déclaration et les affirmations qu'elle contient embrassant une fort longue période, d'aucuns auraient l'impression, à la lire, que Mr. Oscar Wilde a passé tout ce temps à encourager sans succès toutes ces personnes à perpétrer ce forfait avec lui. Je peux moi-même comprendre pour quelle raison sa défense a été présentée de cette manière, car ceux qui seraient susceptibles d'être appelés devant vous au cours de ce procès afin de soutenir ces sérieuses accusations – s'ils le peuvent – sont des personnes qui, même

si elles devront nécessairement l'admettre pendant le contre-interrogatoire au cas où elles viendraient déposer, ne sont sans doute pas prêtes à admettre qu'elles sont elles-mêmes coupables de ce gravissime forfait. Mais il est à remarquer que ces accusations présentent Mr. Oscar Wilde en tant qu'instigateur du délit et que, même s'il n'est pas explicitement affirmé que ledit forfait a été perpétré, il serait coupable d'outrages aux bonnes mœurs. [...]
Mr. Oscar Wilde est un gentleman âgé actuellement de trente-huit ans. Il est le fils de sir William Wilde, un très honorable Irlandais, chirurgien et oculiste de son état, qui a rendu de grands services à la communauté en tant que président de l'une des commissions de recensement en Irlande. Sir William est décédé il y a quelques années, mais la mère de Mr. Wilde, lady Wilde, est toujours en vie. Mr. Wilde a d'abord fréquenté le Trinity College de Dublin, établissement où il s'est notablement distingué... notablement distingué par l'étendue de ses connaissances classiques, et où il a obtenu de remarquables récompenses attribuées aux étudiants de cette prestigieuse université, à telle enseigne que feu son père a souhaité qu'il continue ses études à Oxford, au Magdalen College. Là encore, il a brillé dans ses études classiques, passant « Mods » et « Greats[1] » avec mention d'excellence. Il a aussi été honoré par ce qui annonçait sa future réussite et sa future réputation, le prix Newdigate de poésie anglaise[2].

1. Jargon oxfordien pour « *Moderations* » (examens de fin d'année) et pour l'examen en « humanités littéraires », le plus prestigieux du curriculum d'Oxford. *(N.d.T.)*



2. Pour son poème *Ravenna*, en 1878.

Après ce brillant cursus universitaire, il s'est consacré à la littérature, dans ses aspects les plus artistiques. Très tôt, en 1882, il a publié un recueil de poèmes. Il a écrit de nombreux essais sur des thèmes artistiques ou esthétiques. Il est possible que vous sachiez qu'il y a plusieurs années Mr. Oscar Wilde est devenu quelqu'un de fort connu, raillé par certains, applaudi par beaucoup d'autres, mais en tout cas représentatif d'un courant particulier de la littérature d'art qui a grandement marqué parmi les esprits les plus brillants et les personnes les plus cultivées de notre temps. En l'an 1884, Mr. Wilde a eu l'heureux privilège d'épouser la fille du regretté Horace Lloyd, avocat de la Couronne. Depuis cette date, il a vécu avec sa femme – et, plus récemment, avec les deux enfants dont il est le père – à Chelsea, Tite Street. De la date du mariage à ce jour, il a eu l'habitude de recevoir avec son épouse les amis qui venaient lui rendre visite à son domicile de Tite Street. Sa femme appartient comme lui au club Albemarle, au portier duquel la carte insultante dont il est question a été remise. Parmi ces amis reçus à Tite Street figurait un gentleman dont je citerai le nom parce que je le dois : lord Alfred Douglas. L'an 1891, lord Alfred Douglas a été conduit au domicile de Mr. Wilde par l'une de leurs connaissances communes, et depuis lors Mr. Oscar Wilde a été l'ami non seulement de lord Alfred Douglas mais aussi des frères de ce dernier, et de leur mère, lady Queensberry, qui fut l'épouse du prévenu mais avait obtenu quelques années auparavant la dissolution des liens conjugaux en conséquence de l'inconduite du prévenu. [...] Bien entendu, ils se sont également retrouvés à Londres, au théâtre ou dans d'autres circonstances,

mais en maintes occasions lord Alfred Douglas a été l'hôte de la famille Wilde à Chelsea, une autre fois à Cromer, une autre à Goring, je crois, et à Worthing, où Mr. et Mrs. Wilde villégiaturaient avec leurs fils. [...] Jusqu'au début de l'année 1893, Mr. Oscar Wilde ne connaissait nullement le prévenu, sinon qu'ils semblent s'être brièvement rencontrés en une lointaine occasion, vers 1880 ou 1881, du moins d'après ce que lord Queensberry a rappelé à Mr. Wilde lorsqu'ils se sont trouvés en présence l'un de l'autre à un déjeuner, dans des conditions que je vais maintenant vous présenter.
En novembre 1892, Mr. Wilde et lord Alfred Douglas étaient en train de déjeuner au Café Royal lorsque lord Queensberry est entré dans la salle. Mr. Wilde savait qu'en raison de circonstances auxquelles il n'était aucunement mêlé, en raison de malheureuses dissensions familiales que je ne fais que mentionner ici, parce que cela est indispensable, il existait une certaine tension entre lord Alfred et son père ; en conséquence, il a suggéré à lord Alfred que ce serait une bonne occasion d'aller parler à son père, d'avoir une discussion amicale. Acceptant cette idée, lord Alfred est allé à lord Queensberry, lui a serré la main, a bavardé un moment avec lui avant de le conduire à la table où il déjeunait en compagnie de Mr. Wilde. Présenté à Mr. Wilde, et après une poignée de main, lord Queensberry a rappelé au souvenir de ce dernier qu'ils s'étaient déjà rencontrés chez un ami commun onze ou douze années auparavant, détail que le temps avait effacé de la mémoire de Mr. Wilde. Ce jour-là, donc, lord Queensberry s'est assis à leur table et a déjeuné avec eux. Comme lord Alfred était dans l'obligation de prendre congé vers deux heures et demie

environ, lord Queensberry est resté converser plaisamment avec Mr. Wilde. Celui-ci a indiqué qu'il allait bientôt séjourner avec sa famille à Torquay[1]. Cela s'est passé ainsi : lord Queensberry ayant invité Mr. Wilde à assister à des conférences qu'il allait donner, Mr. Wilde a expliqué qu'il allait partir pour Torquay avec sa famille, à quoi lord Queensberry a répondu qu'il devait lui aussi se rendre à Torquay, ou qu'il en avait l'intention, et qu'il espérait que tous deux pourraient se voir là-bas. Il se trouve que, si Mr. Wilde et sa famille ont bien séjourné à Torquay, lord Queensberry n'a finalement pas effectué le voyage, cette fois-là, et il existe un mot écrit de lord Queensberry expliquant à Mr. Wilde qu'il n'avait pu le rencontrer à Torquay car il avait modifié ses projets. Cette rencontre remonte à novembre 1892, donc, et Mr. Wilde n'a pas revu lord Queensberry jusqu'au début de l'année 1894. Il ne s'est pas trouvé personnellement en sa présence pendant toute cette période. C'est au cours de celle-ci que Mr. Wilde a eu connaissance – je me bornerai à l'exprimer ainsi, pour l'instant – de ce que certaines affirmations négatives circulaient à son encontre, et je ne dis pas que lord Queensberry en était l'auteur, mais voici comment il en a eu connaissance.

Un certain Wood, que Mr. Wilde avait croisé une ou deux fois, sans plus, et qui avait reçu des vêtements que lord Alfred lui avait donnés, soutenait qu'il avait trouvé dans la poche d'un manteau quatre lettres adressées à lord Alfred Douglas par Mr. Wilde. Les

1. Station balnéaire du Devon, sur ce qui est parfois appelé la « Côte d'Azur britannique » en raison de son climat assez clément et de ses plages. *(N.d.T.)*

avait-il réellement découvertes dans la poche de ce manteau qui lui avait été offert, ou les avait-il volées, c'est un point qui ne peut qu'être l'objet de spéculations, pour l'heure. J'ignore s'il sera nécessaire de nous pencher sur ce point au cours du déroulement de ce procès, mais quoi qu'il en soit nous retiendrons qu'il existait des lettres de Mr. Wilde à lord Alfred Douglas qui circulaient et, au tout début de l'an 1893, ce Wood est venu trouver Mr. Oscar Wilde avec quelques lettres de Mr. Wilde à lord Alfred Douglas, et lui a demandé un dû en échange de ces missives. Il s'est dépeint dans l'embarras et le besoin, et désireux de partir en Amérique. Mr. Wilde lui ayant donné quinze ou vingt livres sterling afin de payer son voyage pour l'Amérique, Wood lui a remis trois lettres assez anodines que Mr. Wilde avait adressées à lord Alfred Douglas. Je ne pense pas que ces lettres présentent une quelconque importance car vous verrez que, et c'est généralement ce qui se passe lorsque les gens pensent avoir mis la main sur une correspondance importante, les lettres qui n'ont pas d'importance sont restituées mais celle qui est jugée en avoir est conservée. C'est ce qui s'est produit, dans ce cas. Il est possible que nous en apprenions plus, avant la fin de ce procès, sur le compte du groupe d'individus qui ont pris part à cette transaction : Wood, et un certain Allen, et un certain Cliburn.

À ce moment de 1893, une pièce que Mr. Wilde avait écrite, et dont plusieurs d'entre vous se souviennent sans doute qu'elle a été un grand succès au Haymarket Theatre – *Une femme sans importance* –, était en préparation, de sorte que Mr. Wilde était naturellement amené à rencontrer très souvent Mr. Beerbohm Tree, acteur et directeur. C'est par le truchement de celui-ci que ce document est arrivé entre ses mains, document qui est supposé être, et qui dans une certaine mesure l'est en effet, la copie d'une lettre, laquelle avait été conservée par ces individus, ou certains d'entre eux, alors que les autres missives avaient été rendues à Mr. Wilde. Très étrange document, en vérité. Il comporte une note : « Pour Mr. Tree. Mr. Tree veuillez remettre ceci à Mr. Wilde, très aimable. Votre... », et je ne puis lire ceci, puis sans doute l'initiale « E », ou quelque chose de ce genre. Et cette lettre qui est censée être la copie de celle écrite par Mr. Oscar Wilde porte deux adresses, une fois Babbacombe Cliff, Torquay, une autre 16, Tite Street, Chelsea. Bien entendu, Mr. Tree a remis ce document à Mr. Wilde... Un document présenté comme la copie d'une lettre rédigée par Mr. Wilde. Peu après, un certain Allen est entré en contact avec Mr. Wilde, affirmant qu'il détenait l'original de ce document et qu'il exigeait de Mr. Wilde quelque chose en retour. Mr. Wilde a catégoriquement et péremptoirement refusé, en des termes que vous allez entendre, et refusé aux motifs suivants. Il a dit : « J'ai eu une copie de cette lettre, donc je n'ai pas besoin de l'original. Je considère que cette lettre est une œuvre d'art, et j'eusse désiré en posséder une copie. Puisque vous avez été assez bon de m'en adresser une, je ne veux pas de l'original. » *(Rires.)* Et il a renvoyé Allen avec la lettre, il ne l'a pas voulue, il ne l'aurait pas achetée, et il a donné à Allen un souverain[1] pour sa peine, je pense. Très peu de temps s'étant écoulé, un nommé Cliburn s'est présenté chez Mr. Wilde et il a déclaré que cet

1. Vingt shillings. *(N.d.T.)*

Allen avait tant apprécié la gentillesse de Mr. Wilde qu'il lui avait confié cette même lettre. Et Cliburn l'a remise à Mr. Wilde, sans recevoir le moindre argent en retour. Mr. Wilde lui a je crois donné un souverain pour sa peine, après avoir eu la lettre.
Gentlemen, il existait pour Mr. Wilde deux points relativement sensibles, eu égard à cet incident. Le premier, c'est qu'il avait été insinué que cette lettre pouvait avoir un caractère compromettant, et que quelqu'un s'était donné la peine de la recopier – non avec précision mais en commettant quelques erreurs –, puis de commencer à l'envoyer, par exemple à Mr. Tree, mais peut-être aussi à d'autres destinataires, dans l'intention de nuire à Mr. Wilde. Une fois l'original en sa possession, Mr. Wilde l'a conservé. J'ai la lettre originale entre mes mains, aujourd'hui. La deuxième raison pour laquelle Mr. Wilde portait un intérêt à cette lettre, ainsi qu'il l'a dit à Allen et le répète maintenant, c'est qu'il la tient pour une manière de sonnet en prose. Quand celui-ci est venu le voir, il a dit à Allen qu'un jour ou l'autre cette lettre serait publiée sous la forme d'un sonnet, et c'est ce qui s'est produit : j'ai ici un exemplaire d'une publication parue le 4 mai 1893 sous le titre *The Spirit Lamp*, revue d'esthétique, de littérature et de critique éditée par lord Alfred Douglas, et sur la première page de cette revue se trouve un poème français, un sonnet, lui-même intitulé : « Une lettre écrite en vers libres par Mr. Oscar Wilde à un ami et traduite en vers rimés par un poète sans importance. » Ce texte est en français, signé « Pierre Louÿs », et ce n'est pas une version exacte mais une paraphrase poétique de la lettre de Mr. Oscar Wilde, lettre que je vais maintenant vous lire. Bien qu'il n'y en ait

pas mention sur la feuille, elle est adressée à lord Alfred Douglas : « Mon garçon à moi, ton sonnet est charmant, et c'est une merveille que ces lèvres vermeilles qui sont les tiennes soient aussi bien faites pour la musique des mots que pour l'égarement des baisers. Ton âme agile et dorée avance entre passion et poésie. Je sais que Hyacinthe, qu'Apollon aima à la folie, était toi-même au temps des Grecs. Pourquoi es-tu seul à Londres ; quand iras-tu à Salisbury ? » La mère de lord Alfred Douglas habitait Salisbury, je précise. « Va là-bas et rafraîchis tes mains dans le gris crépuscule des choses gothiques, et viens ici quand tu voudras. C'est un endroit charmant. Il ne manque que toi. Mais va d'abord à Salisbury. Toujours avec éternel amour, ton Oscar. » Maintenant, gentlemen, je conçois que le style de cette lettre puisse sembler extravagant à ceux qui ont l'habitude de la correspondance commerciale, ou de ces missives ordinaires que les nécessités de l'existence obligent à écrire chaque jour *(rires, auxquels Wilde se joint lui-même)*, mais ce que nous avons là, ainsi que Mr. Oscar Wilde l'a dit à Allen et le répète maintenant, c'est une manière de sonnet en prose, la réponse écrite à une poésie, adressée à lord Alfred Douglas et paraphrasée dans le sonnet publié dans le numéro de *The Spirit Lamp* que j'ai ici dans ma main. Il a conservé cette lettre, jusqu'à aujourd'hui, et la produit maintenant devant vous en proclamant qu'il n'a jamais éprouvé de honte à son sujet, n'en éprouve d'aucune façon, en proclamant qu'il s'agit d'une lettre qu'il serait prêt à montrer n'importe où, et que toutes les insinuations qui pourraient être faites à son propos l'indiffèrent absolument, qu'il s'agit d'une lettre qui, affirme-t-il en tant qu'artiste et poète, est l'expression de sentiments poétiques et n'a aucune, aucune relation avec les odieux soupçons – odieux pour lui autant que pour vous tous – qui ont été exprimés à son encontre dans cette affaire.

[...]

CLARKE : Si je ne m'abuse, il y a eu une rencontre entre lord Queensberry et vous.

WILDE : Oui.

[...]

CLARKE : Que s'est-il passé ?

[...]

WILDE : Mon domestique m'a dit : « Lord Queensberry et un autre gentleman attendent dans la bibliothèque. » J'y suis allé aussitôt.

CLARKE : Et là, qu'est-il arrivé ?

WILDE : Lord Queensberry se tenait devant la fenêtre. Je me suis avancé jusqu'à la cheminée. Lord Queensberry m'a dit : « Asseyez-vous. » J'ai dit : « Je ne vous permets pas de me parler sur ce ton, ni à vous ni à quiconque, ni sous mon toit ni où que ce soit. » J'ai poursuivi : « Je suppose que vous êtes venu présenter vos excuses pour ce que vous avez soutenu à propos de mon épouse et de moi-même dans la lettre que vous avez écrite à votre fils. » J'ai dit : « Avec une telle lettre, je pourrais vous traîner devant un tribunal pour diffamation si je le voulais. » Il a dit : « Cette lettre était confidentielle, puisqu'elle était adressée à mon fils. » J'ai continué : « Comment osez-vous dire de pareilles choses au sujet de votre fils et de moi ? »

LE JUGE : « Comment osez-vous dire de pareilles choses au sujet de... » ?

WILDE : « De votre fils et de moi », Votre Honneur. Il a dit : « Vous avez été tous les deux sommairement mis à la porte de l'hôtel Savoy en raison de votre répugnante conduite. » J'ai répondu : « C'est faux. » Il a dit : « Vous avez loué un meublé pour lui à Piccadilly. » J'ai répliqué : « Quelqu'un vous a raconté toute une série de mensonges aberrants sur le compte de votre fils et de moi-même. Je n'ai rien fait de tel. » Il a dit : « Je sais que vous avez été joliment soumis à chantage l'an dernier, pour une répugnante lettre sodomitique que vous avez envoyée à mon fils. » J'ai répondu : « C'était une belle lettre. » Et... Qu'ai-je dit en dernier ?

CLARKE : « J'ai répondu : "C'était une belle lettre." »

WILDE : Oui. J'ai répondu : « C'était une belle lettre, et je n'écris jamais rien qui ne soit destiné à publication. »

CLARKE : « Et je n'écris jamais rien... » ?

WILDE : « Et je n'écris jamais rien qui ne soit destiné à publication. » Ensuite, je lui ai dit : « Lord Queensberry, nous accusez-vous sérieusement d'être sodomites, votre fils et moi ? » Il a dit : « Je n'ai pas dit que vous étiez cela, mais que vous en aviez l'air. » *(Rires.)*

LE JUGE : Si j'entends encore la moindre perturbation, je fais évacuer la salle.

WILDE : « Mais que vous en aviez l'air et que vous posez à cela, ce qui est tout aussi mal », a-t-il dit, puis : « Si je vous surprends encore avec mon fils dans un restaurant, en public, je vous rosse. » J'ai répondu : « J'ignore ce que sont les règles Queensberry, mais les règles Oscar Wilde commandent de tirer à vue. » *(Rires.)* Puis : « Quittez cette maison, lord Queensberry. » Comme il affirmait qu'il n'en ferait rien, je l'ai prévenu que j'allais devoir demander à la police de le mettre dehors. « Mon fils et vous », a-t-il recommencé en répétant cette phrase qu'il avait eue à notre sujet, et il a ajouté : « C'est un répugnant scandale dans tout Londres. » J'ai dit : « Si c'était le cas... » Non, je pense que j'ai dit : « Si tel est le cas, vous êtes l'auteur de ce scandale, vous et personne d'autre. Les lettres que vous avez écrites à mon encontre sont infâmes, et je vois que vous tentez simplement de détruire votre fils à travers moi. » J'ai poursuivi : « Vous devez partir, maintenant. Je ne tolérerai pas une brute comme vous sous mon toit. » Je suis sorti dans le hall d'entrée, suivi par lord Queensberry et par le gentleman qui l'accompagnait. Désignant du doigt lord Queensberry, j'ai dit à mon domestique : « Voici le marquis de Queensberry, la brute la plus infâme de Londres. Vous ne le laisserez plus jamais entrer chez moi. S'il tente de s'imposer, vous devez faire appeler la police. »

CLARKE : Lord Queensberry et son ami sont-ils alors partis ?

WILDE : Oui, non sans des mots très violents de part et d'autre.

[...]

*Wilde est maintenant soumis au contre-interrogatoire d'Edward Carson.*

[...]

CARSON : Vous êtes né, je crois, le 16 octobre 1854 ?

WILDE : Oui. Je n'ai aucunement l'intention de passer pour un jeune homme. J'essaie d'être précis sur les dates.

CARSON : Cela vous donne un peu plus de quarante ans.

WILDE : Très bien.

CARSON : Puis-je vous demander si par hasard vous connaîtriez l'âge que lord Alfred Douglas avait, l'âge qu'il a ?



WILDE : Je pense que lord Alfred Douglas a eu vingt-quatre ans à son dernier anniversaire. Je pense qu'il en aura vingt-cinq à son prochain.

CARSON : Puis-je en conclure qu'il avait vingt, vingt et un ans lorsque vous avez fait sa connaissance ?

WILDE : Oui.

CARSON : En référence à votre entrevue avec lord Queensberry, si j'ai bien compris votre déposition, il s'est montré cordial envers vous à chacune des rencontres que vous avez eues, jusqu'à l'entrevue à votre domicile de Tite Street dont il a été question ?

WILDE : Oui, certainement.

CARSON : Et n'a manifesté aucune tendance inamicale, si je ne m'abuse ?

WILDE : Non.

CARSON : Avant cette entrevue à votre domicile, aviez-vous reçu de lui une lettre en date du 3 avril dans laquelle il déclarait qu'il ne désirait pas que vous poursuiviez la fréquentation de son fils ?

WILDE : Non, je n'ai jamais reçu une telle lettre.

CARSON : En êtes-vous tout à fait sûr ?

WILDE : Tout à fait.

CARSON : Mais à la fin de cette entrevue à Tite Street, vous n'aviez aucun doute que, à tort ou à raison, il ne souhaitait pas que cette fréquentation se poursuive ?

WILDE : Non.

CARSON : Pour les raisons qu'il a alors données ?

WILDE : Oui.

CARSON : Je pense être en mesure d'assurer, Mr. Wilde, que, nonobstant les protestations de son père ce jour-là, vous êtes resté très intime avec lord Alfred Douglas jusqu'à aujourd'hui ?

WILDE : Jusqu'à aujourd'hui, certainement.

CARSON : Que vous avez séjourné avec lui en plusieurs endroits ?

WILDE : Oui.

[…]

CARSON : Est-ce à cette adresse, au 26, Kings Road, que vous avez rédigé votre article pour *The Chameleon* ?

WILDE : Non. Oh non !

CARSON : Et vous avez noté, je suppose, qu'il se trouvait aussi des « contributions » de lord Alfred Douglas dans cette même revue, *The Chameleon* ?

WILDE : Oui.

CARSON : Savez-vous quand il les a écrites ?

WILDE : Quand il était à Oxford. Étudiant à Oxford.

CARSON : Vous les a-t-il montrées avant de les envoyer à cette revue ?

WILDE : Non.

CARSON : Vous êtes formel à ce sujet ?

WILDE : Oui. Oh oui, tout à fait… Non, il ne me les a pas montrées.

CARSON : Vous ne les aviez jamais vues, alors ?

WILDE : Si, je les avais vues… Si.

CARSON : Les avez-vous appréciées ?

WILDE : Je pense que ce sont d'extrêmement beaux poèmes, l'un et l'autre.

CARSON : Extrêmement beaux ?

WILDE : Oui.

CARSON : Il y en a un qui est un « Éloge de la honte » ?

WILDE : « Éloge de la honte ».

CARSON : Et l'autre, « Deux amours » ?

WILDE : Oui.

CARSON : Ces deux amours étaient deux garçons ?

WILDE : Oui.

CARSON : Dont l'un appelle son amour « amour vrai » ?

WILDE : Oui.

CARSON : Et l'amour éprouvé par l'autre garçon est « la honte » ?

WILDE : Oui.
CARSON : Est-ce que cela vous a suggéré quelque...
WILDE : Êtes-vous en train de citer ces poèmes ?
CARSON : Oui. Je les ai ici :

« "Je suis l'Amour vrai, qui transporte
Le cœur des garçons et des filles d'une mutuelle flamme."
Alors, l'autre dit en soupirant : "Va, tu l'emportes,
Je suis l'Amour qui n'ose dire son nom ni révéler son âme." »

WILDE : Oui, ce sont les derniers vers.
CARSON : Pensez-vous qu'il y a là des allusions inconvenantes ?
WILDE : Non.
CARSON : Avez-vous lu « Le prêtre et l'acolyte » ?
WILDE : Oui.
CARSON : Et vous avez été absolument convaincu qu'il ne s'agissait pas d'une contribution malséante ?
WILDE : Du point de vue de la littérature, je la trouve tout à fait malséante.
CARSON : Donc, vous la désapprouvez seulement d'un point de vue littéraire ?
WILDE : Pour un homme de lettres, il est impossible de juger un texte autrement que par ses défauts littéraires. Par « littérature », évidemment, on entend le traitement du thème, le choix du thème, tout... Ce que je veux dire, c'est que je ne pourrais critiquer un livre comme s'il s'agissait d'un fragment de réalité. Je crois que le choix était mauvais, le thème aussi, et le style extrêmement mauvais, et tout le traitement du sujet mauvais. Mauvais !
CARSON : Le traitement était mauvais ?
WILDE : Et le thème aussi. Mais il aurait pu être beau, traité autrement.

CARSON : Je crois que vous êtes dans l'opinion, Mr. Wilde, qu'il n'existe pas de livre immoral ?

WILDE : Oui.

CARSON : Vous avez cette opinion ?

WILDE : Oui.

CARSON : En ce cas, je suppose que je serais en mesure de dire que, à votre avis, ce texte n'était pas immoral ?

WILDE : Il est pire que cela : il est mal écrit. *(Rires.)*

CARSON : C'est l'histoire, n'est-ce pas, d'un prêtre qui tombe amoureux de l'enfant, du garçon qui l'assiste pendant la messe ?

WILDE : Oui.

CARSON : Qui conçoit de la passion pour lui ?

WILDE : Dans le récit, j'ai compris que cette passion n'était pas physique, mais puisque vous avez dit « de la passion », ce n'est qu'un détail et... Oui.

CARSON : Et alors que cette passion a été conçue pour lui, le jeune acolyte est découvert dans la chambre du prêtre par le vicaire ?

WILDE : Je ne suis pas responsable de cela.

CLARKE : Je ne voudrais pas m'interposer, Votre Honneur, mais enfin, alors que le témoin a exprimé sa désapprobation et qu'il a dit qu'il en a ainsi fait sur le moment, il est pour le moins étrange qu'il doive subir un contre-interrogatoire sur le contenu du texte même qu'il a désapprouvé.

LE JUGE : Non pas sur son contenu mais sur son appréciation du contenu, dans la perspective de mesurer ce qu'il voulait dire en déclarant qu'il le désapprouvait.

CARSON : Oui.

LE JUGE : Je pense que cela est assez pertinent.

CLARKE : Nous ne nous occupons pas ici de critique littéraire, ni de goûts en littérature.

CARSON : En aucun cas. *(Revenant à Wilde.)* Donc, le garçon est surpris par le vicaire dans cette chambre et un scandale s'ensuit ?

WILDE : Mon impression, c'est que le vicaire arrive déjà au courant du scandale, mais je suis prêt à accepter votre interprétation.

CARSON : Il arrive à cette conclusion en découvrant le garçon dans la chambre ?

WILDE : Je ne l'ai lue qu'une fois, et rien ni personne ne pourra m'obliger à la relire. Vous ne pouvez me soumettre à examen quant aux détails de cette histoire. Je n'ai que faire de ce texte.

CARSON : Avez-vous estimé qu'il était blasphématoire ?

WILDE : J'ai pensé que la fin, le récit de la mort, était une violation de tous les canons artistiques régissant la beauté.

CARSON : Ce n'est pas ce que je vous ai demandé.

WILDE : C'est la seule réponse que je puisse vous donner.

CARSON : L'avez-vous trouvé blasphématoire, sir ?

WILDE : Oui.

CARSON : Je veux voir quelle position vous affectez, à quoi vous posez en la matière.

WILDE : Cela n'est pas une manière de me parler. À quoi je pose ? Je ne pose à rien.

CARSON : Oui... Je vous demande pardon. Je veux voir exactement la position que vous adoptez vis-à-vis de cette publication, sir, et je veux savoir si vous la considérez blasphématoire.

WILDE : La réaction que j'ai eue en lisant ce texte...

CARSON : Répondrez-vous oui ou non ?

WILDE : Je vais répondre à cette question. Ma réaction, dis-je, a été l'aversion et le dégoût.

CARSON : J'ai bien d'autres questions à vous poser.

Allez-vous répondre oui ou non, enfin ? Vous êtes un gentleman et comprenez parfaitement les questions. Eh bien, avez-vous considéré cette histoire, « Le prêtre et l'acolyte », l'avez-vous tenue pour une œuvre blasphématoire, oui ou non ?

WILDE : Je ne l'ai pas considérée comme une œuvre blasphématoire.

CARSON : Très bien. Je suis satisfait de cette réponse.

WILDE : Je l'ai trouvée répugnante.

[…]

CARSON : Êtes-vous d'accord avec ces « Sentences philosophiques », le premier article de cette revue ? Votre contribution à cette revue ?

WILDE : Oui.

CARSON : Pensez-vous qu'il s'agissait d'articles susceptibles… de maximes susceptibles d'entretenir l'immoralité parmi les jeunes gens ?

WILDE : Mes écrits ne visent jamais à produire d'autre effet que celui de la littérature.

CARSON : De la… littérature ?

WILDE : Oui, de la littérature.

CARSON : Puis-je en déduire que vous n'avez cure qu'ils aient un effet moral ou immoral ?

WILDE : Je ne pense pas qu'un livre ou une œuvre d'art, quels qu'ils soient, produisent un quelconque effet ni induisent un quelconque comportement. Je ne crois pas à cela.

CARSON : Mais je ne me trompe pas si je dis que vous ne vous posez pas cette question lorsque vous en venez à écrire ces choses ? Vous ne considérez pas l'effet consistant à créer de la moralité ou de l'immoralité ?

WILDE : Certainement pas.

CARSON : Et je pense que je puis aller jusqu'à estimer que,

dans votre travail, vous posez à celui qui ne se sent pas concerné par la moralité ou l'immoralité ?

WILDE : Je ne sais pas si vous employez ce terme de « poser » dans un sens particulier.

CARSON : C'est l'un de vos mots favoris, « poser », n'est-ce pas ?

WILDE : Vraiment ? Je ne « pose » pas, dans mon travail. Je l'accomplis, qu'il s'agisse d'écrire une pièce, un livre, ou autre. Je me préoccupe exclusivement de la littérature, c'est-à-dire de l'art. Le but n'est pas de faire le bien ou le mal, mais d'essayer de créer quelque chose qui aura une certaine forme de beauté à atteindre, quelque chose qui sera contenu par de la beauté, de l'intelligence et de l'émotion.

CARSON : Écoutez, Mr. Wilde. Voici l'une de vos « Sentences philosophiques à l'usage de la jeunesse » : « La perversité est un mythe inventé par les bonnes gens pour expliquer l'étrange attrait qu'exercent les autres. » *(Rires.)*

WILDE : Oui.

CARSON : Vous croyez que cela soit vrai ?

WILDE : Je crois rarement que ce que j'écris soit vrai. *(Rires.)*

CARSON : Vous avez dit « rarement » ?

WILDE : Oui, rarement. J'aurais pu dire « jamais ».

CARSON : Rien de ce que vous écrivez n'est vrai ?

WILDE : Non au sens où cela correspondrait aux faits. Représenter délibérément des instants de paradoxe, d'amusement, d'absurdité, de n'importe quoi, oui… Mais certainement pas « vrai » au sens de calquer les véritables circonstances de la vie. Je m'en voudrais de penser ainsi.

CARSON : « Les religions meurent quand il a été prouvé qu'elles étaient vraies » ?

WILDE : Oui, je maintiens.

CARSON : Est-ce vrai ?

WILDE : Oui… Enfin, c'est une ouverture sur la philosophie de l'intégration de la religion à la science… Une question bien trop vaste pour s'y engager maintenant.

CARSON : J'aimerais juste entendre votre opinion sur ce point : pensez-vous que cette citation que je viens de faire était un axiome assez prudent pour être proposé en tant que « Sentence philosophique à l'usage de la jeunesse » ?

WILDE : Très stimulant pour l'esprit, je dirais. *(Rires.)*

CARSON : « Qui dit la vérité sera démasqué tôt ou tard » ?

WILDE : Oui, je pense que c'est un très réjouissant paradoxe, mais je ne le vendrais pas comme le meilleur des axiomes. *(Rires.)*

CARSON : Mais vous trouvez que c'est un axiome à valeur éducative, bon pour la jeunesse ?

WILDE : Tout ce qui stimule l'esprit des gens, à quelque âge que ce soit, est bon pour eux. *(Rires.)*

CARSON : Tout, vraiment ?

WILDE : Oui, tout.

CARSON : Que cela soit moral ou immoral ?

WILDE : La pensée n'est jamais ni l'un, ni l'autre.

CARSON : Ah ? Il n'y a pas de pensées immorales, alors ?

WILDE : Non. Il y a des sentiments immoraux, mais la pensée est un processus de l'intellect. C'est en tout cas ainsi que j'emploie ce mot.

CARSON : Écoutez ceci : « Le plaisir est la seule chose qui vaille de vivre ; rien ne vieillit comme le bonheur. » Pensez-vous que le plaisir soit le seul but de l'existence ?

WILDE : Je crois que l'épanouissement personnel est le but primordial de la vie. Je crois que s'épanouir par le plaisir est plus bel et bon que de le faire par la souffrance. C'est l'idéal païen de l'accomplissement humain par le bonheur, en opposition à l'idée plus tardive, et peut-être plus grande, d'un accomplissement par la souffrance. J'étais et je suis, sur ce plan, entièrement du côté des Anciens, des Grecs, des… philosophes. *(Rires.)*

CARSON : « Toute préoccupation à propos de ce qui est bien ou mal dans le comportement témoigne d'une atrophie intellectuelle » ?

WILDE : Oui ? Est-ce une question que vous me posez ?

CARSON : Je vous demande si telle est votre opinion, en effet.

WILDE : Oh non, certes non !

CARSON : Dans ce cas, pourquoi l'avez-vous retenue comme « Sentence philosophique à l'usage de la jeunesse » ?

WILDE : Parce que, si vous me permettez de répondre, cette phrase contient une demi-vérité. Rien qu'une demi-vérité, exprimée délibérément sous une forme très perverse et paradoxale. Elle contient une demi-vérité.

CARSON : « Toute vérité cesse d'en être une dès que plus d'une personne y croit » ?

WILDE : Oui.

CARSON : Vous pensez que c'est juste ?

WILDE : En dernière instance, oui, je le pense. Ce serait ma définition philosophique de la vérité : quelque chose de tellement intime que, quand quelqu'un d'autre la reconnaît aussi… En fait, ce que cela signifie, c'est que la même vérité ne peut jamais être perçue par deux esprits différents. Qu'à chaque esprit correspond sa propre vérité. C'est un important facteur physique.

[…]

CARSON : Un livre bien écrit qui défendrait des opinions sodomitiques pourrait être un bon livre ?

WILDE : Aucune œuvre d'art ne défend quoi que ce soit, jamais.

CARSON : Comment ?

WILDE : Aucune œuvre d'art ne défend d'opinion. Les opinions appartiennent aux gens qui ne sont pas des artistes. Il n'y a pas d'opinion dans une œuvre d'art.

CARSON : Bien. Nous dirons que, selon vous, un roman sodomitique peut être un bon livre.

WILDE : Je ne sais pas ce que vous entendez par « roman sodomitique ».

CARSON : Vous ne savez pas ?

WILDE : Non.

CARSON : Eh bien, je vous suggère *Dorian Gray*. Est-il possible de l'interpréter comme un livre sodomitique ?

WILDE : Seulement pour des brutes épaisses. Seulement pour les ignares. Je devrais peut-être dire « pour des brutes épaisses et pour les ignares ».

CARSON : Un « ignare » qui lirait *Dorian Gray* pourrait-il y voir un livre sodomitique ?

WILDE : Les opinions des philistins sur l'art ne peuvent être comptées, car leur stupidité est incalculable. Vous ne pouvez me demander quelle interprétation erronée de mon œuvre les béotiens, les ignares, les imbéciles peuvent avoir. Cela ne me concerne pas. Ce qui me concerne, dans mon art, ce sont mes idées, mes sentiments, et pourquoi je l'ai créé. Je me soucie comme d'une guigne de ce que les autres peuvent en penser.

CARSON : La majorité des gens tomberait dans votre définition des « philistins » et des « ignares », n'est-ce pas ?

WILDE : Oh, j'ai trouvé de magnifiques exceptions.

CARSON : Mais la majorité, j'ai dit. Pensez-vous que la majorité des gens soit à la hauteur de la pose que vous prenez devant nous, Mr. Wilde, ou soit assez instruite pour cela ?

WILDE : Je crains qu'elle ne soit pas suffisamment cultivée. *(Rires.)*

CARSON : Pas suffisamment cultivée pour établir la distinction que vous avez faite entre un bon et un mauvais livre ?

WILDE : Oh, certainement pas... Cela n'a rien à voir avec l'art.

CARSON : L'affection et l'amour que le peintre éprouve envers Dorian Gray, tels que votre livre les décrit, pourraient conduire un être ordinaire à croire qu'ils ont une tendance sodomitique, ne croyez-vous pas ?

WILDE : Je n'ai pas connaissance des êtres ordinaires.

CARSON : Ah, je vois... Mais vous n'empêchez pas les êtres ordinaires d'acheter votre livre.

WILDE : Je ne les en ai jamais dissuadés. *(Rires.)*

CARSON : Maintenant, écoutez ceci. Il s'agit du récit de la rencontre du peintre...

[...]

« "Nos regards se croisèrent à nouveau. Folie de ma part, mais j'ai demandé à lady Brandon de nous présenter, et ce n'était peut-être pas insensé à ce point. Tout simplement inévitable. Nous aurions fini par nous parler, même sans avoir été présentés. J'en suis convaincu. Dorian me l'a dit aussi, par la suite. Il avait senti lui aussi que nous étions destinés à nous rencontrer[1]." »

---

1. Oscar Wilde, *Le Portrait de Dorian Gray*, traduction de Jean Gattégno.

Maintenant, Mr. Wilde, je vous demande ceci : considérez-vous que les sentiments d'un homme envers un jeune garçon à peine arrivé à l'âge adulte ainsi décrits sont convenables, ou non ?

WILDE : Je pense que ce moment est la meilleure description qui soit de l'émotion qu'un artiste pourrait ressentir en rencontrant une belle personnalité, qui lui a paru d'une manière ou d'une autre indispensable à son art et à son existence.

CARSON : Une « belle personnalité » ?

WILDE : Oui. Un beau jeune homme.

CARSON : Vous voulez dire une belle personne ?

WILDE : Oui, je dirais plutôt « personnalité » : il a senti d'instinct que Dorian et lui deviendraient amis…

CARSON : Amis ?

WILDE :… et que sa vie allait rencontrer la sienne. Mais j'emploierai le terme que vous voudrez. Je dirais « un beau jeune homme », si vous le choisissez. Je dis que c'est une description parfaitement belle.

CARSON : Vous estimez que c'est un genre de sentiment moral, de la part d'un homme envers un autre homme bien plus jeune que lui ?

WILDE : Je dis que c'est le sentiment d'un artiste envers une belle personnalité.

CARSON : Une « belle personnalité » ?

WILDE : « Personnalité », oui.

CARSON : Alors qu'il n'a jamais parlé à ce Dorian Gray ?

WILDE : J'emploie le terme de « personnalité » en relation avec l'effet particulier qu'il a produit sur ce peintre, avec cette aura, cette apparence projetée par Dorian Gray. Cela fait partie de l'histoire.

[…]

CARSON : Avez-vous jamais éprouvé ce genre de sentiment envers un jeune homme, vous-même ?

WILDE : Une vive admiration ?

CARSON : Non. Un sentiment qui serait adéquatement décrit par les termes que vous avez utilisés dans ce passage.

WILDE : Quels termes ?

CARSON : Ceux que je viens à l'instant de lire : « Je dois admettre que je t'ai follement adoré, de façon extravagante, absurde. J'étais jaloux de tous ceux à qui tu parlais... »

WILDE : Non. Je n'ai jamais été jaloux de quiconque dans ma vie. Certainement pas, non.

CARSON : Puis-je en déduire que vous-même, en tant qu'artiste, n'avez jamais connu un sentiment envers un jeune homme tel que celui décrit dans ce passage ?

WILDE : Non, je n'ai jamais laissé quiconque « dominer mon art », ce qui se trouve dans la seconde partie de ce que vous avez lu à haute voix. Non, pas du tout.

CARSON : Donc vous n'avez jamais connu le sentiment que vous décrivez ?

WILDE : Non.

CARSON : Pardon ?

WILDE : Non. Ce que je décris est une œuvre de fiction. [...]

CARSON : « Je dois admettre que je t'ai follement adoré. » Avez-vous jamais eu cette expérience envers une belle personne de sexe masculin, plus jeune que vous de plusieurs années ?

WILDE : Je vous ai déjà répondu. L'adoration est quelque chose que je réserve à moi-même.

CARSON : Je vous demande de répondre par oui ou par non à ma question, sir.

WILDE : J'ai déjà répondu. Je n'ai jamais adoré quelque jeune homme qui aurait été mon cadet, ni quelqu'un de plus âgé que moi, ni personne. Je n'adore pas.

Ou bien j'aime une personne, ou bien je ne l'aime pas.

CARSON : Vous n'avez jamais éprouvé ce sentiment que vous décrivez, donc ?

WILDE : Non. C'est un emprunt à Shakespeare, je regrette de le dire. *(Rires.)*

CARSON : À Shakespeare ?

WILDE : Oui. Aux sonnets de Shakespeare.

CARSON : « Je t'ai follement adoré » ?

WILDE : Oui.

CARSON : Avez-vous jamais adoré de façon extravagante ?

WILDE : Vous voulez dire financièrement parlant ou émotionnellement ?

CARSON : Financièrement ? Pensez-vous que nous parlions finances, ici ?

WILDE : Je ne sais pas de quoi vous parlez.

CARSON : Vraiment ?

WILDE : Vous devez poser des questions claires.

CARSON : J'espère que je me montrerai très clair avant d'en avoir fini avec vous. « J'étais jaloux de tous ceux à qui tu parlais » : avez-vous jamais été jaloux ?

WILDE : Pas une fois.

CARSON : Jamais ?

WILDE : Jamais. De quoi devrais-je être jaloux ?

CARSON : « Je te voulais tout entier pour moi » : avez-vous jamais éprouvé ce sentiment envers...

WILDE : Je trouverais tout cela intensément lassant. Je trouverais tout cela intensément agaçant. *(Rires.)*

CARSON : Agaçant ?

WILDE : Assurément. Tout à fait lassant.

CARSON : Puis-je en conclure, Mr. Wilde – parce que c'est une question que je vous posais en général, et je noterai votre réponse dans un sens ou dans l'autre – puis-je en conclure que vous n'avez jamais vous-même éprouvé le sentiment que vous décrivez là comme le sentiment de cet artiste envers Dorian Gray ?

WILDE : Non. Je l'ai tiré des sonnets de Shakespeare. Je l'ai pris…

CARSON : Je crois que vous avez écrit un article soutenant que les sonnets de Shakespeare étaient pratiquement de teneur sodomitique.

WILDE : Tout le contraire, Mr. Carson. J'ai écrit un article afin de prouver qu'ils ne l'étaient pas.

CARSON : Vous avez rédigé un article pour prouver qu'ils n'étaient pas sodomitiques ?

WILDE : Oui. Cette affirmation à l'encontre de Shakespeare fut avancée par Hallam, l'historien [1], et par d'autres. J'ai écrit un article pour prouver qu'ils ne l'étaient pas et je considère que j'y suis parvenu.

CARSON : Ils n'étaient pas sodomitiques, dans votre opinion ?

WILDE : Certainement pas.

CARSON : Je présume que vous avez abondamment traité de ce sujet, dans l'article en question ?

WILDE : Quel sujet ? Les sonnets de Shakespeare ?

CARSON : Le sujet de la sodomie.

WILDE : Non, sinon pour m'élever contre les honteuses distorsions imposées aux sonnets de Shakespeare par Hallam et par un grand nombre de critiques français. J'y ai expliqué que l'amour de Shakespeare pour le jeune homme auquel il dédia ses sonnets était celui d'un artiste pour une personnalité que j'imagine être une partie de son art.

[…]

---

1. Henry Hallam (1777-1859), historien, médiéviste, auteur d'une histoire de la littérature européenne aux XVe, XVIe et XVIIe siècles.

CARSON : Je voudrais vous poser quelques questions au sujet de cette lettre qui vous a été rapportée.

WILDE : Oui.

CARSON : Si j'ai bien compris, il s'agit d'une lettre que vous aviez écrite à lord Alfred Douglas ?

WILDE : Oui.

[…]

CARSON : Je suppose que vous conviendrez, Mr. Wilde, qu'un homme de votre âge s'adressant à un autre homme de près de vingt ans son cadet en lui donnant du « mon garçon à moi », vous conviendrez que ce n'est guère convenable ?

WILDE : Non. Pas si j'éprouvais de la tendresse pour lui. Je ne pense pas.

CARSON : Pas du tout ?

WILDE : Si j'appelle quelqu'un « mon garçon », je dis « mon garçon à moi ». J'avais de l'affection pour lord Alfred Douglas. J'en ai toujours eu.

CARSON : Est-ce que vous l'adoriez ?

WILDE : Non. Je l'aimais.

CARSON : « Ton sonnet est charmant, et c'est une merveille que ces lèvres vermeilles qui sont les tiennes soient aussi bonnes pour la musique des mots que pour l'égarement des baisers. »

WILDE : Oui.

CARSON : Avez-vous l'intention de me dire, sir, que ceci était une manière naturelle et convenable de s'adresser à un jeune homme ?

WILDE : Je crains que vous ne soyez en train de critiquer un poème sur la base de…

CARSON : Oui, voyons ce que vous avez à dire.

WILDE : Je pense que c'était une belle lettre, oui. Vous me demandez si elle était « convenable » ? Vous pourriez aussi bien me demander si *Le Roi Lear* est convenable, ou un sonnet de Shakespeare… C'était une magnifique lettre. Elle ne s'embarrassait pas de… Elle n'avait pas été écrite dans le but de respecter les convenances, mais dans celui de créer de la beauté.

CARSON : Et en laissant l'art de côté ?

WILDE : Ah ! je ne peux pas !

CARSON : En laissant l'art de côté ?

WILDE : Je ne puis répondre à aucune question en laissant l'art de côté.

CARSON : Supposons qu'un homme, qui ne serait pas un artiste, ait écrit cette même lettre à un beau jeune homme, ce qu'est lord Alfred Douglas, n'est-ce pas ?

WILDE : Oui.

CARSON : D'une vingtaine d'années plus jeune que lui. Diriez-vous qu'il s'agit d'une lettre naturelle et convenable ?

WILDE : Un homme qui ne serait pas un artiste ne pourrait jamais écrire une telle lettre. *(Rires.)*

CARSON : Pourquoi ?

WILDE : Parce que personne ne le pourrait, sinon un artiste.

CARSON : Supposons qu'un homme nourrisse un amour immoral et contre nature envers un garçon ou un jeune homme… C'est déjà arrivé, je pense ?

WILDE : Oui.

CARSON : Et il s'adresse à lui en des termes qu'il aurait probablement utilisés dans une lettre d'amour. Pourrait-il utiliser ce langage ?

WILDE : Il ne pourrait certainement utiliser le langage que j'ai employé, à moins d'être un lettré et un artiste. Il n'en serait pas capable.

CARSON : Il n'y a rien de très…

WILDE : Je ne suis pas d'accord avec vous. Il y a au contraire…

CARSON : Je m'apprêtais seulement à remarquer qu'il n'y a rien de très extraordinaire dans ces « lèvres vermeilles aussi bien faites pour la musique des mots que pour l'égarement des baisers ».

WILDE : La littérature dépend de la manière dont on la lit, Mr. Carson. Ceci doit être lu de façon différente.

CARSON : Y a-t-il quoi que ce soit d'extraordinaire dans ce que je viens de lire ?

WILDE : Oui. Je crois que c'est une belle phrase.

CARSON : Une belle phrase ?

WILDE : Oui, une belle phrase.

CARSON : « Ton âme tranquille et dorée... »

WILDE : Non, « agile »...

CARSON : « Ton âme agile et dorée avance entre passion et poésie. »

WILDE : Oui.

CARSON : C'est une belle phrase, également ?

WILDE : Pas quand vous la lisez, Mr. Carson. Lorsque je l'ai écrite, elle était belle. Vous l'avez très mal lue.

CARSON : Je ne prétends pas être un artiste, Mr. Wilde.

WILDE : Alors ne me la lisez pas.

CARSON : Et si vous me permettez de le dire, à vous entendre témoigner, je suis heureux de n'en être pas un. *(Rires.)*

WILDE : Oui.

[...]

CARSON : En 1892, vers le 25 février, séjourniez-vous à l'hôtel Albemarle ?

WILDE : Oui.

CARSON : Est-il juste de dire qu'à cette époque vos éditeurs étaient Messrs Elkin Mathews and Co ?

WILDE : Oui, Messrs Elkin Mathews et John Lane étaient mes éditeurs.


CARSON : Leurs locaux étaient Vigo Street ?

WILDE : Oui.

[...]

CARSON : Êtes-vous devenu intime avec leur garçon de bureau ?

WILDE : Je nie que ce fût la situation occupée par Mr. Edward Shelley, la personne à laquelle vous faites référence. Il n'était pas garçon de bureau. C'est le point sur lequel je fais objection.

CARSON : Vous savez donc à qui je me réfère ?

WILDE : Oui.

CARSON : Quel âge avait Shelley ?

WILDE : Une vingtaine d'années, je pense.

CARSON : N'avait-il pas dix-huit ans ?

WILDE : C'est possible.

CARSON : Beau garçon ?

WILDE : Non, je ne dirais pas cela. Un visage intelligent, oui, mais je ne dirais pas beau... Un visage intelligent.

CARSON : L'avez-vous rencontré simplement en vous rendant aux bureaux de Messrs Mathews et Lane ?

WILDE : J'ai fait sa connaissance au mois d'octobre, alors que je préparais l'édition de mes poèmes avec Messrs Mathews et Lane. Mr. John Lane m'a présenté Mr. Edward Shelley, qui était alors assistant, et je considère qu'un assistant de librairie occupe une position de gentleman.

[...]

CARSON : Avez-vous invité ce garçon à dîner à l'hôtel Albemarle, où vous séjourniez alors ?

WILDE : Oh oui. Il dînait souvent avec moi.

CARSON : Un instant. Était-ce motivé par la recherche des plaisirs de l'esprit ?

WILDE : Eh bien... De sa part, certainement. *(Rires.)*

CARSON : Vous l'emmeniez là afin de lui procurer les plaisirs de l'esprit ?

WILDE : Il avait exprimé la plus vive admiration pour mon œuvre. Je le voyais tout le temps. Il m'avait adressé de nombreuses lettres à propos de mon œuvre, j'ai donc pensé que ce serait un geste de bienveillance. Il était venu à la première de ma pièce. Pour ce qui est de la conversation entre nous, je pense que les plaisirs de l'esprit étaient plus pour lui que pour moi.

CARSON : Ce garçon vendeur de livres venait pour les plaisirs de l'esprit ?

WILDE : Ce jeune homme qui était lié à l'édition a souvent dîné avec moi là-bas, et chez moi, et avec mon épouse, et encore ailleurs. Vous concevez vos questions dans une perspective erronée.

[...]

CLARKE : C'était un assistant de l'éditeur.

WILDE : Oui, et je considère qu'il est hautement honorable d'avoir une occupation ou une autre dans une librairie.

CARSON : A-t-il fumé des cigarettes avec vous ?

WILDE : Oh, je pense que oui. Certainement, s'il était dans ma chambre. Je fume tout le temps, toute la journée.

CARSON : Maintenant, je vous demande ceci : en cette occasion, l'avez-vous retenu à passer la nuit avec vous ?

WILDE : Certainement pas.

CARSON : Est-il resté toute la nuit, pour s'en aller le lendemain à huit heures du matin ?

WILDE : Non.

CARSON : Comment ?

WILDE : Certainement pas avec moi. Je dis non.

CARSON : Avez-vous tenté de le prendre dans vos bras alors qu'il se trouvait dans le salon ?



WILDE : Certainement pas.

CARSON : Vous ne l'avez jamais enlacé ?

WILDE : Jamais.

CARSON : L'avez-vous embrassé ?

WILDE : Jamais.

CARSON : Avez-vous mis vos mains sur sa personne ?

WILDE : Jamais.

CARSON : Puis l'avez-vous emmené dans votre chambre ?

WILDE : Jamais.

CARSON : Dormi dans le même lit, avec lui, toute la nuit ?

WILDE : Jamais.

CARSON : Alors que vous aviez tous deux retiré tous vos vêtements, avez-vous pris sa personne dans votre main une fois au lit ?

WILDE : Votre Honneur, n'est-il pas suffisant que j'apporte un démenti général sans avoir à être exposé à l'ignominie de cette interminable succession de détails imaginaires ? Estimez suffisant que je démente entièrement ces allégations. Tout cela ne s'est jamais produit. Pourquoi devrais-je être forcé à ce genre de chose devant ce tribunal, à quelque chose qui est absolument insupportable…

CARSON : Malheureusement, nous sommes obligés de…

WILDE : J'en appelle à Votre Honneur.

LE JUGE *(à Carson)* : Nécessitez-vous d'autres détails sur ce point ?

CARSON : Non, Votre Honneur.

[…]

CARSON : Avez-vous connu Walter Grainger ?

WILDE : Oui.

CARSON : Qui était-ce ?

WILDE : Un domestique à l'appartement de lord Alfred Douglas à Oxford.

[…]

CARSON : Quel âge avait-il ?

WILDE : Je dirais seize ans, environ.

CARSON : Vous aviez l'habitude de vous rendre à cet appartement, Mr. Wilde ?

WILDE : C'était l'appartement de lord Alfred Douglas et de lord Encombe. J'y ai séjourné plusieurs fois du samedi au lundi. À trois reprises, je pense, du samedi au lundi.

CARSON : En 1893 ?

WILDE : Oui, en 1893.

CARSON : Étiez-vous en termes familiers avec Grainger ?

WILDE : Qu'entendez-vous par « termes familiers » ?

CARSON : Je veux dire si vous l'avez fait dîner avec vous, ou quelque chose de ce genre.

WILDE : Jamais de la vie.

CARSON : Comment ?

WILDE : Non ! Une telle question, c'est vraiment pénible… Non, bien sûr que non. Il me servait à table, il n'a pas dîné avec moi.

CARSON : Je pensais qu'il aurait pu s'asseoir avec vous. Puisque vous ne faisiez pas de distinction sociale ?

WILDE : Pensez-vous que j'aurais agi ainsi avec le domestique dans le cadre du domicile de lord Alfred Douglas et de lord Encombe ?

CARSON : Vous m'avez vous-même dit que…

WILDE : C'est un contexte entièrement différent ! Si la fonction de quelqu'un est de servir, il a la fonction de servir ; si son plaisir est de dîner, c'est son plaisir de dîner, et son privilège.

CARSON : Votre réponse est non ?

WILDE : Certainement, non !

CARSON : L'avez-vous jamais embrassé ?

WILDE : Oh non, jamais, jamais ! C'était un garçon singulièrement quelconque.

CARSON : Il était comment ?

WILDE : J'ai dit que je le trouvais malheureusement… Son apparence était hélas… très laide. Je veux dire que j'avais pitié de lui pour cela.

CARSON : Très laide ?

WILDE : Oui.

CARSON : Cette affirmation vient-elle en soutien à votre déclaration selon laquelle vous ne l'avez jamais embrassé ?

WILDE : Non, pas du tout. C'est comme me demander si j'ai embrassé un montant de porte. C'est puéril.

CARSON : Ne m'avez-vous pas donné le fait qu'il ait été trop laid pour raison de ne l'avoir pas embrassé ?

WILDE *(avec chaleur)* : Non !

CARSON : Pourquoi avoir mentionné sa laideur, alors ?

WILDE : Non, j'ai dit que cette question me paraissait… Vous m'avez demandé si je l'avais fait dîner avec moi, puis si je l'avais jamais embrassé… Cela m'a paru une pure insulte de votre part, une insulte délibérée, et c'est ce que j'ai dû endurer toute la matinée.

CARSON : Était-ce parce qu'il était laid ?

WILDE : Non.

CARSON : Pourquoi avez-vous parlé de sa laideur ? Je dois poser ces questions.

WILDE : Je dis qu'il est tout bonnement ridicule d'imaginer qu'une chose pareille aurait pu se produire, en n'importe quelle circonstance.

CARSON : Pourquoi avez-vous évoqué sa laideur ?

WILDE : Pour cette raison ! Si vous demandiez si j'ai jamais embrassé un montant de porte, je vous répondrais : « Non ! C'est ridicule ! Je n'aimerais pas embrasser un montant de porte ! » Dois-je subir un contre-interrogatoire quant à mes raisons de ne pas embrasser un montant de porte ? Ces questions sont grotesques.

CARSON : Pourquoi avez-vous mentionné la laideur de ce garçon ?

WILDE : Peut-être parce que vous m'aviez piqué au vif avec une question insolente.

CARSON : Parce que je vous avais piqué au vif avec une question insolente ?

WILDE : Oui. Vous m'avez aiguillonné avec une question insolente. Vous me rendez irritable.

CARSON : Avez-vous dit que ce garçon était laid parce que je vous avais piqué au vif avec une question insolente ?

WILDE : Pardonnez-moi mais oui, vous me piquez, vous m'insultez et vous essayez de me faire perdre mon sang-froid par tous les moyens. Parfois, on réagit avec désinvolture quand on devrait parler plus sérieusement, je l'admets, je l'admets… Je n'y puis rien. C'est l'effet que vous produisez sur moi.

CARSON : Vous avez dit « avec désinvolture » ? Vous avez mentionné sa laideur avec désinvolture ? C'est ce que vous souhaitez exprimer, maintenant ?

WILDE : Oh, ne dites pas à ma place ce que je souhaite exprimer ! je vous ai donné ma réponse.

CARSON : Laquelle ? La réponse de la « désinvolture » ?

WILDE : Oh, c'était une réponse désinvolte, d'accord ! Je dirais volontiers que c'était certainement une réponse désinvolte.

CARSON : Est-ce que des actes attentant à la pudeur se sont jamais produits entre vous et Grainger ?

WILDE : Non, sir, aucun, rien du tout.

CARSON : Bien. Je pense que vous êtes allé séjourner à Goring en 1893 ?

WILDE : Oui. J'ai pris une maison là-bas, oui.

CARSON : Une maison nommée « The Cottage » ?

WILDE : « The Cottage », Goring. Oui.

CARSON : Avez-vous fait venir Grainger d'Oxford afin qu'il vous serve à Goring ?

WILDE : Oui, certainement. Sous la direction du majordome. On m'avait demandé… Il m'a demandé de lui trouver une place. Quand j'étais à Oxford. Il m'a dit qu'il allait quitter cette place et m'a demandé si je pourrais lui trouver une situation. Lorsque j'ai pris cette maison à Goring, on m'a suggéré que ce serait un acte de bonté d'y faire servir Walter Grainger.

CARSON : Quand il était à Goring, Mr. Wilde, lui avez-vous demandé de venir dans votre chambre ?

WILDE : Jamais de la vie.

CARSON : Ou dans votre lit ?

WILDE : Non.

CARSON : Occupait-il la chambre à coucher contiguë à la vôtre ?

WILDE : Au début, oui. C'était une maison fort petite, il était de la plus grande difficulté de répartir les domestiques.

CARSON : Et donc sa chambre à coucher était à côté de la vôtre ?

WILDE : Oui. À l'étage, le majordome occupait une chambre, et les servantes. Puis il y avait encore trois chambres, l'une occupée par lord Alfred Douglas, une autre par moi-même et enfin une, vraiment minuscule, par Walter Grainger. Par la suite, à l'arrivée de mes enfants, Walter Grainger a dormi dans une sorte d'appentis.

CARSON : Mais avant l'arrivée de votre famille, je comprends qu'il avait la chambre contiguë à la vôtre ?

WILDE : Oui.

CARSON : Savez-vous où est maintenant ce majordome que vous aviez ?

WILDE : Je n'en ai aucune idée.

CARSON : Bien. Mr. Wilde, je pense que vous êtes descendu à l'hôtel Savoy du 2 mars au 29 mars 1893 ?

WILDE : Oui, si ce sont les dates exactes. Je sais que j'y ai passé quelques jours en mars.

CARSON : Vous m'avez dit, je crois, qu'à ce moment votre maison de Londres était fermée ?

WILDE : Ma femme était en voyage, la maison était fermée une partie du temps, puis mes enfants sont revenus. Mon épouse se trouvait alors en Italie.

CARSON : Avez-vous jamais fait entrer des garçons dans votre chambre du Savoy ?

WILDE : Non, sir.

CARSON : Connaissiez-vous quelqu'un au Savoy, un masseur répondant au nom de Miggie ?

WILDE : Il y avait un masseur, oui. J'ai oublié son nom.

CARSON : Midgie ou Miggie, je ne sais comment on prononce cela… lui arrivait-il parfois de venir vous masser, le matin ?

WILDE : Oui.

CARSON : Admettrez-vous, Mr. Wilde, qu'en entrant un matin dans votre chambre il a trouvé un garçon dans votre lit ?

WILDE : Jamais.

CARSON : Vous a-t-il administré des massages pendant longtemps ?

WILDE : Non. Une dizaine de jours. J'étais très souffrant, lors de ce séjour au Savoy. Vous pouvez me corriger, en ce qui concerne les dates. J'étais très souffrant, des massages m'avaient été recommandés et donc j'étais massé chaque matin, ou presque.

CLARKE : Indiquerez-vous de quelle période il s'agit ?

CARSON : Mars 1893. *(À Wilde.)* Pendant ce séjour, vous avez changé de suite au Savoy, je crois ?

WILDE : Oh oui, j'ai changé de suite, en effet.

CARSON : Et vous dites que dans aucune de ces suites, ni dans celle que vous occupiez précédemment ni dans celle-ci, vous n'avez fait entrer de garçons ?

WILDE : Non, jamais.

CARSON : Et il n'y a jamais eu de garçons dans votre lit ?

WILDE : Oh, jamais, jamais, certainement pas !

[...]

*Edward Carson présente les arguments de la défense.*

CARSON : Votre Honneur, gentlemen du jury, en apparaissant dans cette affaire en faveur de lord Queensberry je ne puis qu'être conscient de la grave responsabilité qui m'incombe en vous présentant ses arguments du mieux possible. Sa position est la suivante : eu égard à chacun de ses actes, à chacune des lettres qu'il a écrites, ou à la carte de visite qui a suscité cette affaire, lord Queensberry ne revient sur rien. Il a fait ce qu'il a fait en toute lucidité. Il était résolu, quels que soient les risques et les aléas, à tenter tout ce qui était en son pouvoir pour sauver son fils. Qu'il ait eu raison ou tort, vous avez probablement à ce stade, gentlemen du jury, les informations suffisantes sur lesquelles fonder votre jugement. Mais je dois affirmer au nom de lord Queensberry que, en dépit des nombreux éléments tendancieux que mon estimé confrère, sir Edward Clarke, a jugé bon d'introduire dans le dossier lors de sa présentation, la conduite de lord Queensberry a été cohérente de bout en bout, et si les faits qu'il a avancés dans ses lettres quant à la réputation et aux agissements de Mr. Wilde étaient avérés, alors je dirais qu'il était non seulement bien inspiré de tenter tout son possible pour mettre fin à ce qui devait ou, tout au moins, risquait fort de se révéler

une désastreuse fréquentation, mais aussi contraint de prendre toutes les mesures qui s'imposeraient à lui afin de susciter dans le même mouvement une enquête qui aurait sans doute pour conséquence de rendre publics les agissements de Mr. Wilde.
[...]
Quel est l'argument de Mr. Oscar Wilde, maintenant ? Sa thèse est que, du moins jusqu'à une certaine date, lord Queensberry s'était toujours montré amical envers lui quand il le rencontrait. [...]
Gentlemen du jury, il se trouve que la réputation de Mr. Wilde est venue à la connaissance de lord Queensberry, réputation développée à partir de ses écrits – j'y reviendrai dans un instant –, à partir de scandales survenus à l'hôtel Savoy et qui seront établis devant vous avant la clôture de ce procès, à partir de traits généraux que Mr. Wilde, en tant qu'homme public, en est forcément venu à acquérir par le fait de mener le genre de vie qui est la sienne, qu'il a reconnue pendant l'instruction et dont il n'a été révélé ici qu'une modeste portion. Il s'est affiché en public avec des hommes, des jeunes gens qui n'étaient pas ses égaux en condition ni ses contemporains en âge. Il a recherché la compagnie d'individus qui, et je n'ai nul doute que ceci sera indubitablement établi avant la fin de ce procès, étaient connus pour appartenir aux milieux les plus corrompus de Londres. Ici, je me réfère avant tout à Taylor, bien connu des services de police, ainsi que ceux-ci vous le confirmeront, et je dois vous rappeler qu'à un moment de la journée j'ai posé directement la question à Mr. Wilde, la question de savoir si le domicile de Taylor n'était rien d'autre qu'un bouge où ces jeunes garçons étaient présentés

à des hommes faits, et si Taylor n'était rien d'autre qu'un proxénète agissant pour le compte de ces garçons à des fins sodomitiques. Mais il est établi que ce même Taylor se trouvait mardi dernier encore au domicile de Mr. Wilde, et mon estimé confrère, sir Edward Clarke, ne s'est pas risqué à le convoquer à la barre des témoins pour lui demander comment il en était venu à présenter ces multiples garçons et pour avoir l'occasion de l'interroger sur le genre de vie qu'il menait. Lorsque Taylor est découvert Fitzroy Square par la police, en compagnie de Parker, et arrêté avec plusieurs éléments dont la réputation était faite, mon estimé confrère rétorque qu'ils ont été relaxés. Très bien, mais les forces de l'ordre n'avaient pas agi ainsi sans de graves raisons, ni de graves soupçons. Il est possible qu'elles n'aient pas été en mesure de réunir les preuves suffisantes pour établir les charges très sérieuses retenues contre ces personnes. Mais j'eusse certainement apprécié que, attendu que Taylor avait été découvert en compagnie de ces personnes, et attendu que la police avait jugé bon d'intervenir de cette manière, et attendu que de multiples témoignages l'ont présenté comme le bras droit de Wilde dans toutes ces orgies avec des artistes et des valets, que nous ayons eu la possibilité de soumettre Mr. Taylor à contre-interrogatoire et d'entendre de sa bouche ses explications quant à ce qui s'était réellement passé Fitzroy Square.

Gentlemen du jury, Taylor est l'élément central de ce jugement, le pivot de l'affaire. Je le dis pour la simple raison qu'au moment où vous écouterez les différents témoins appelés ici, l'un après l'autre, et qu'ils seront malheureusement forcés de vous parler des pratiques immorales et repoussantes de Mr. Oscar

Wilde, alors il est clair que l'individu qui présenta ces hommes à Oscar Wilde est, plus que quiconque, celui qui aurait été en mesure de projeter une certaine lumière sur les antécédents de ces personnes, ainsi que sur les motifs qu'il poursuivait en les présentant à Mr. Oscar Wilde. Ce dernier se fait fort d'apporter ici les preuves suffisantes pour envoyer lord Queensberry au cachot et lui imposer la flétrissure des criminels. Pour ma part, je dis avant tout qu'il appartenait à Mr. Oscar Wilde, [...] s'il avait eu à appeler un seul témoin qui eût pu certifier de son innocence face aux accusations portées en retour par la défense, de convoquer précisément cet homme, Taylor, qui pourtant n'est pas et ne sera pas un témoin à charge présenté par mon estimé confrère.
[...]
Mais avant d'en venir à l'examen des preuves dans cette affaire, je veux dire les preuves concernant ces différents jeunes gens, je voudrais dire un mot au sujet de la position que Mr. Wilde affecte en référence aux publications évoquées dans son interrogatoire et son contre-interrogatoire, position que, si vous le permettez, je mettrai en contraste avec celle qui est la sienne lorsqu'il s'agit des hommes qui lui furent présentés ou qu'il rencontra lui-même. Quand il est question de littérature, il se montre des plus exigeants : son œuvre n'est pas faite pour les philistins et les ignares, ses écrits ne peuvent être réellement compris que par des artistes et il n'a cure de la manière dont le commun des mortels les accueille, ou pourrait être influencé par eux. L'artiste qui déposait à la barre hier a une idée tellement haute de son art qu'il répondit chaque fois qu'un aspect dépravé de sa production lui était montré : « Oh ! vous pouvez

y voir cette signification, certes, mais un véritable artiste le comprendrait dans un autre sens. » En ce qui concerne ses livres, il était l'artiste total, écrivant dans le langage d'un artiste s'adressant à d'autres artistes. Eh bien, gentlemen du jury, placez cette attitude en regard de celle qu'il prend dès qu'il est question de ces jeunes gens. Il s'accointe avec Charlie Parker, un domestique dont le frère était également domestique. Il s'accointe avec le jeune Conway, qui vendait des journaux sur la promenade de Worthing. Il s'accointe avec Scarfe, encore un domestique, je crois... Et lorsque vous le sommez d'expliquer ces fréquentations si étranges pour un adepte de l'art absolu, sa thèse n'est plus qu'il se confine aux hautes sphères de l'art, celles que personne ne peut comprendre sinon lui et d'autres esprits « artistiques », non, sa thèse est qu'il a un cœur si magnanime, si noble, si démocratique *(rires)*, qu'il ne trace pas de frontières sociales et qu'il éprouve le même plaisir à déjeuner ou à dîner avec un jeune balayeur des rues, à condition qu'il soit « intéressant », qu'avec le plus cultivé des artistes ou le « *littérateur*[1] » le plus en vue du royaume.

Gentlemen, je dis que ces positions en ces domaines respectifs sont absolument inconciliables. Observez les raisons qui l'ont poussé à tenter d'esquiver ces passages particuliers dans ses livres, qui vont jusqu'à justifier chaque mot que lord Queensberry a pu écrire sur son compte ; quand il essaie de les esquiver, il a besoin de dire : « Ce n'est pas un langage qui, pour nous autres artistes, serait compris dans le sens où

1. En français dans le texte. *(N.d.T.)*

vous l'entendez. » Mais quand vous l'interrogez à propos de ses complices, il rétorquera : « J'ai le droit d'avoir les fréquentations qui me plaisent, et dans un but parfaitement innocent car alors je ne rêve plus dans le langage propre aux artistes, non, je m'adapte aux idées, aux goûts et aux envies des valets ou du vendeur de journaux que je ramasse à Worthing. »
Gentlemen du jury, je pense que si nous avions fondé nos arguments sur la littérature de Mr. Wilde et seulement sur elle, nous pourrions obtenir aisément gain de cause. Quand je dis « nous », je parle de lord Queensberry. Car quelle est cette littérature ? Tout d'abord, permettez-moi de vous demander de considérer ce que lord Queensberry a l'intention de prouver : il entend démontrer que Mr. Wilde posait en effet au sodomite. Je ne pense pas avoir la moindre divergence avec la définition que mon excellent collègue, sir Edward Clarke, a donné de cette expression. Lord Queensberry a pris soin de l'utiliser sous cette même forme dans toutes ses lettres, et de préciser avec constance qu'il n'accusait point Mr. Wilde de perpétrer le crime lui-même – ce qui exposerait Mr. Wilde à de très graves conséquences, si l'accusation venait à être prouvée –, mais de « poser au sodomite », et je pense que vous verrez plus avant ce que cela signifiait exactement : que Mr. Wilde, par ses actes et ses écrits, s'est lui-même placé dans une position où les gens pouvaient naturellement et raisonnablement conclure de ses écrits et du style de vie qui est le sien, conclure que lui, Mr. Wilde, est ou bien en accord avec, ou bien activement adepte de pratiques sodomitiques et immorales.
[...]

Lorsque nous nous retrouvons dans une salle de

tribunal, nous entendons toujours dire que la personne prévenue, souvent dans des circonstances difficiles, aurait dû faire ceci, ou cela, ou s'abstenir de ceci ou cela. Ma question est : qu'auriez-vous fait, vous ? Qu'aurait-il dû faire, lui ?
Il vous dit qu'il a écrit à son fils, et à Wilde ; qu'il les a prévenus qu'il y aurait scandale s'il les voyait ensemble. Et son propre fils, sous l'influence de Wilde, lui répond : « Prends note. Moi, ton fils, parce que tu me demandes de tourner le dos à Wilde, moi, ton fils, si jamais tu nous approches, moi, qui suis tellement sous la domination de Wilde, je n'hésiterai pas à te tuer. » Eh bien, lord Queensberry était déterminé à trouver un dénouement à ce drame, et quelle autre option avait-il sinon celle qu'il a choisie ? Il aurait pu écrire une lettre au comité de direction d'un club, ce qui a été, je crois, une suggestion de sir Edward Clarke ; il aurait pu poursuivre ce but de bien d'autres manières. Mais il a choisi celle que vous avez à juger, et cela très délibérément, et il ne craint pas d'assumer les conséquences de son choix devant cette cour.
[...]

CLARKE : Votre Honneur m'autorisera peut-être à intervenir à ce moment pour une déclaration qui est de toute évidence conçue avec un très grand sens des responsabilités. Hier, mon estimé confrère, Mr. Carson, a développé devant le jury la question de la production littéraire de Mr. Wilde, puis les conclusions qui découleraient d'aveux discernés dans des lettres de Mr. Oscar Wilde, et ce matin mon excellent confrère a ouvert sa plaidoirie en exprimant l'espoir qu'il en avait dit suffisamment sur ces sujets pour que le jury le dispense d'aller plus avant sur d'autres points liés à cette affaire. Votre Honneur, je pense qu'il ne vous a pas échappé que les représentants de Mr. Oscar Wilde à ce procès se trouvaient devant un bien terrible dilemme. Ils ne pouvaient se dissimuler que le constat qui pourrait être formé à partir de cette littérature et à partir d'un comportement qui a été admis, reconnu, était probablement susceptible de conduire le jury à estimer qu'en utilisant les termes de « posant au sodomite », lord Queensberry disposait du bien-fondé d'un père qui, dans de telles circonstances, méritait de recevoir la plus grande considération et d'être exonéré des charges ayant conduit à ce procès. En considérant cela, Votre Honneur, en assumant clairement que ce serait probablement le résultat de cette action, qu'il n'était pas improbable que cet aspect de la plainte déboucherait sur un tel résultat, nous, c'est-à-dire moi et mes estimés confrères, lesquels désirent s'associer à moi dans cette démarche, nous devions envisager cela, nous préparer à ce qu'un verdict en faveur du prévenu sur cet aspect précis de l'affaire pourrait être interprété en dehors de cette salle comme une conclusion affectant la plainte dans toutes ses dimensions, et c'est ainsi que nous en sommes venus à adopter la position suivante : que sans pouvoir attendre d'obtenir gain de cause nous allions devoir jour après jour, et probablement dans un long processus de production des preuves, nous engager dans une procédure abordant des sujets de la plus affligeante nature.

Dans ces circonstances, et j'espère que Votre Honneur estimera que j'ai choisi la voie appropriée, choix que j'ai fait après consultation de Mr. Oscar Wilde, je dirai qu'en ce qui concerne les points déjà traités par mon estimé collègue, ceux liés à la production littéraire et à la correspondance, j'ai le sentiment que mon excellent collègue ne pourrait objecter à un verdict de non-culpabilité, verdict en la matière du terme « poser à ». Dans ce cadre, donc, j'espère que Votre Honneur ne pensera pas que je pèche par excès de zèle mais que je prends l'initiative afin d'épargner, de prévenir de très douloureux moments, quel que soit leur dénouement, en intervenant maintenant et en disant au nom de Mr. Wilde que je demande à être relevé de l'instruction de la plainte. Et si Votre Honneur ne juge pas qu'à ce point de la procédure et après ce qui s'est passé dans cette salle je dusse être autorisé à agir ainsi au nom de Mr. Wilde, eh bien, Votre Honneur, je suis prêt à m'incliner devant un verdict de non-culpabilité qui ferait référence non à l'ensemble des motivations de l'affaire mais au moins à celles liées à la publication de *Dorian Gray* et de la revue *The Chameleon*. Je suis confiant, Votre Honneur, que cela pourrait mettre fin au procès.

CARSON : Votre Honneur, je ne sache pas que j'aie le moindre droit d'objecter de quelque manière que ce soit à la requête que mon estimé collègue vient de déposer devant cette cour. Je puis seulement dire qu'en ce qui concerne lord Queensberry un verdict de non-culpabilité, un verdict signifiant qu'il a vu admis son recours en bien-fondé, me satisferait suffisamment. Bien entendu, Votre Honneur, mon estimé collègue aurait à admettre que nous savons que notre recours a été admis dans les conditions qu'il a lui-même énoncées et, cela étant, il appartiendra entièrement à Votre Honneur de décider si la voie suggérée par mon estimé collègue doit être suivie.

LE JUGE : Attendu que la partie plaignante dans cette affaire est prête à consentir à un verdict « non coupable » pour le prévenu, je ne pense pas qu'il appartienne aux prérogatives du juge ou du jury d'insister à continuer l'examen de détails choquants qui ne peuvent avoir de portée sur une conclusion à laquelle la partie plaignante a déjà donné son assentiment. Mais, en ce qui concerne les limites que le jury aurait à apporter à son verdict, le bien-fondé porte sur la seule accusation de l'emploi des termes « posant au sodomite ». Si cela est jugé bien fondé, cela est bien fondé ; si cela n'est pas jugé tel, cela ne l'est pas. Le verdict du jury ici présent doit être « coupable » ou « non coupable », et je comprends que la partie plaignante approuve un verdict de non-culpabilité. Il ne peut y avoir de conditions, ni de considérations : « coupable » ou « non coupable ». J'assume que le plaignant consent à un verdict « non coupable » et, bien entendu, c'est ce verdict que le jury rendra.

CARSON : Et bien sûr, Votre Honneur, le verdict sera que l'argument était bien fondé et conçu dans l'intérêt du public.

LE JUGE : Il inclut cela, bien entendu.

CLARKE : Le verdict est « non coupable ».

LE JUGE : Le verdict est certes « non coupable » mais c'est par cette procédure qu'il a été obtenu. Bien entendu, j'aurai à préciser au jury deux points qui sont à établir ici… deux points qui avaient à être établis : que l'argument avancé était bien fondé, c'est-à-dire qu'il est exact, dans la substance et dans la forme, que le plaignant avait posé au sodomite ; et j'aurai aussi à dire au jury qu'il doit déterminer que cette affirmation a été publiée d'une manière qui était conçue dans l'intérêt du public. S'il convient de ces deux points en faveur du prévenu, alors il ne sera pas coupable. Le verdict sera « non coupable » et c'est, ainsi que je le comprends, le verdict qui a l'approbation du plaignant, et c'est celui que le jury est invité à proclamer.

Cet ouvrage a été imprimé sur papier FSC
(www.fsc.org) bouffant Médiopaque Hochweiss.

RÉALISATION : PAO ÉDITIONS DU SEUIL
IMPRESSION : CORLET IMPRIMEUR S.A. À CONDÉ-SUR-NOIREAU
DÉPÔT LÉGAL : FÉVRIER 2010. N° 101207 (126348)
IMPRIMÉ EN FRANCE